夢の守り人

梦之守护者

守护者系列

[日] 上桥菜穗子 著 赵峻 译

浙江人民出版社

主要人物介绍

巴尔萨

故事的主人公，女保镖。从小受吉格罗训练，擅使长枪。

唐达

住在新约格王国，草药师，巴尔萨青梅竹马的朋友，特洛盖伊的弟子。

查格姆

新约格王国太子。身为精灵守护者曾被国王追杀，被巴尔萨救助。

尤格诺

流浪歌手，通树灵者。

卡娅

唐达的侄女，绝望于不情愿的婚事，沉睡于花之梦。

莉阿诺

新约格王国大王妃，大王子萨格姆的母亲，因萨格姆的死失去活着的希望。

其他人物介绍

特洛盖伊：相传是当时最伟大的咒术师，年轻时的名字是托姆卡。

守花人：守护人们梦中的花的护卫。

罗塞塔：罗塔王国最受人喜爱的流浪歌手。

吉格罗：百年不遇的天才长枪手，巴尔萨的养父，已不在世。

诺西尔：唐达的哥哥，卡娅的父亲。

娜卡：唐达的嫂嫂，卡娅的母亲。

托亚："万全屋"店主。

萨娅：托亚的妻子。

多適：圣导师，掌握新约格王国朝政的观星博士中地位最高的人。

修加：年轻的观星博士，圣导师的得力助手，负责教育查格姆，被特洛盖伊的咒术所吸引。

奥图：年老的观星博士，查阅星图和天象，有重大发现。

晋：国王的密探。

冉：国王的密探。

永：国王的密探。

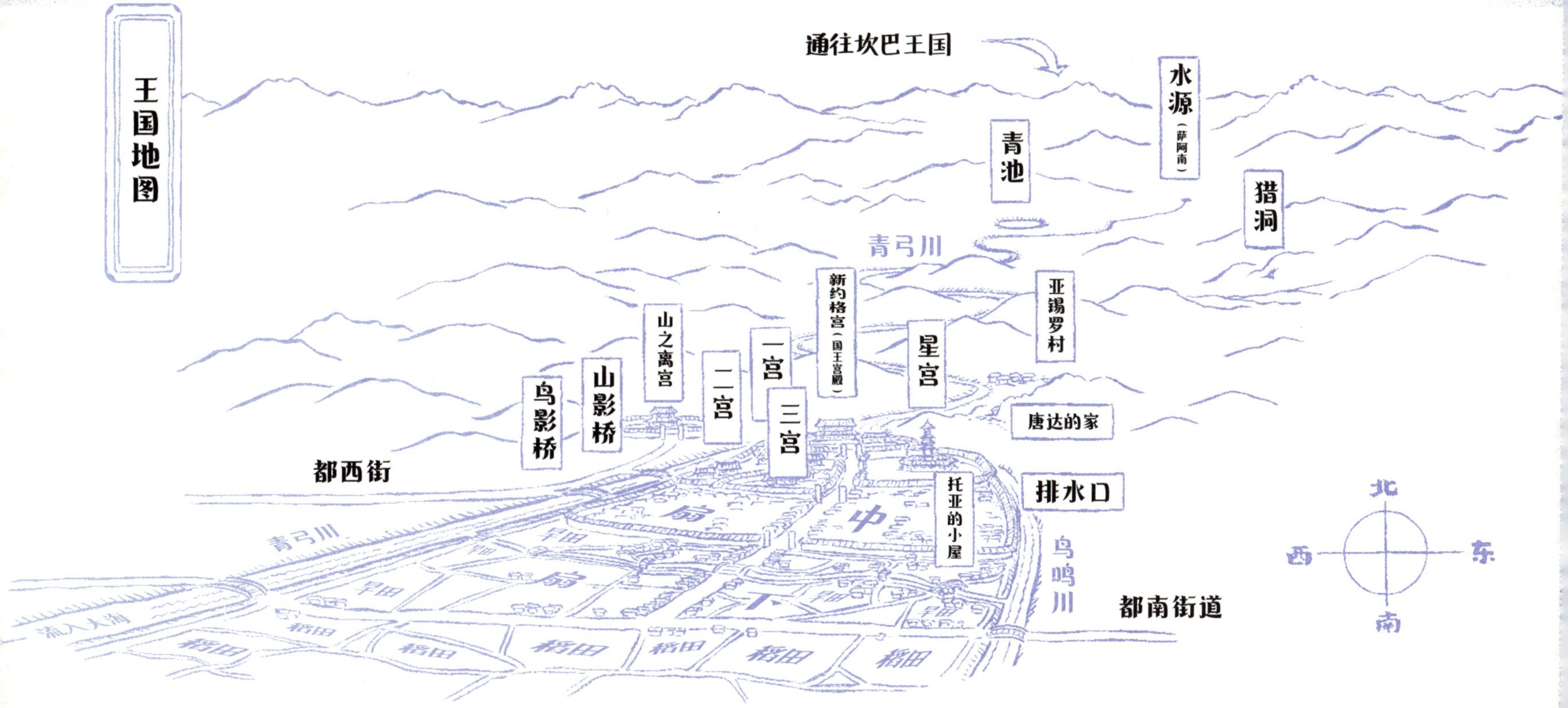
王国地图
通往坎巴王国
水源（萨阿南）
青池
猎洞
青弓川
亚锡罗村
新约格宫（国王宫殿）
星宫
山之离宫
一宫
二宫
三宫
山影桥
鸟影桥
唐达的家
排水口
托亚的小屋
都西街
中
扇
下
旱田
稻田
流入大海
鸟鸣川
都南街道
北
西
东
南

目录

序章
当花籽发芽的时候

突然，胸口一阵火烧般的炽热，他把手贴在胸膛上一摸，有东西骨碌碌掉进手心。罗塞塔看着手中的东西，脸上浮现出落寞的笑容——那淡淡发光的，是一粒花籽。

西临新约格王国的罗塔王国某个村庄的广场上，一个年迈的歌手仰面摔倒——这个老人是受人们爱戴的流浪歌手罗塞塔，在受邀参加村里的夜祭庆典时，突然就摔倒了。

夜色中，篝火噼啪作响，人们不安的吵闹声充满整个广场。可是，对罗塞塔来说，那些声音就像涛声一样渐渐远去，只有漫天的星星近在咫尺。

罗塞塔突然觉得自己的身体变得轻飘飘的，就像置身于水中一般，不受控制地漂了起来。往下一看——自己的身体横躺着。

灵魂离身体远去……

当然，他并不是完全和自己的身体脱离。罗塞塔俯视自己的身体时，他看到从自己的额头延伸出一束光线，光线把自己的灵魂和身体连接在一起。拖着这束光，罗塞塔与自己的身体渐行渐远。

他的灵魂被“彼岸世界”所吸引，假如连接身体和灵魂的光线被切断，死神就会到来——如果他是个普通人的话。

罗塞塔的灵魂如流星一般，拖着白光闪闪的尾巴，快速飞过黑暗的天空。有趣的是，即使只剩下灵魂，他也能感觉到手脚和躯干的存在。罗塞塔游泳似的划水、蹬腿，愉快地享受着飞行。

突然，胸口一阵火烧般的炽热，他把手贴在胸膛上一摸，有东西骨碌碌掉进手心。罗塞塔看着手中的东西，脸上浮现出落寞的笑容——那淡淡发光的，是一粒花籽。

啊，我真的要死了……

自己的一生，像冗长的故事一样在脑海中快速回放。罗塞塔对着手中的花籽低语，想要说出心底的落寞。

我的时代要结束了，来开启你的时代吧……

罗塞塔早已决定把花籽撒在哪里。十年前，他旅途中来到相邻的新约格王国，那里有一个群山环绕的美丽湖泊，再没有什么地方比那里更适合种子生长了。

在湖水中，去梦见白木宫殿吧，如同往日经常吟唱的故事一般。让种子在那里发芽吧……这么想着的时候，他的灵魂一口气翻山越岭，飞越那个异国的湖面。这个深山湖畔和他故乡的河边一样，也有喜欢唱歌的小精灵，它们为即将死去的他的灵魂送来最后的问候。

罗塞塔被湖水吞没，却没有感觉到湖水的冰冷。他滑过静静的蓝色，这蓝色如同拂晓前的夜色。

淡蓝色的湖底是一片深沉的黑暗。那种黑暗，大概就是迎接死者灵魂的“彼岸世界”吧。他看到不知道是谁的灵魂“嗖”的一下被吞没，——在那里，灵魂前世的记忆全部消失，成为新的灵魂后，再降生到这个世界。

可罗塞塔的灵魂却在“彼岸世界”的黑暗前停住了。

被罗塞塔用手掌包裹的种子的外皮，“唰”地闪出一道光，种子的裂缝眼看着变大了。从裂缝溢出淡淡的光，就像水中的气泡一样，“噗”的一声膨胀起来，一眨眼的工夫，光就包围了罗塞塔——“彼岸世界”的黑暗和罗塞塔之间，隔着一层薄薄的气泡膜。

罗塞塔闭上眼睛，进入梦境。他看到了壮观美丽的白木宫殿，那里有宽阔的庭院，庭院中有潺潺涌动的泉水……

睁开眼睛，罗塞塔发现泉水真的就在自己面前。他微笑着，轻轻把种子放入泉水中。就在种子离开手掌的瞬间，罗塞塔感到一阵强烈的疲劳袭来，他甚至连站立都觉得艰难，于是在泉水边躺下了。

他刚想这样沉睡下去，就感觉到有个影子落到自己的脸上。他睁开沉重的眼皮，看见一个和年轻时的自己长得一模一样的年轻人正在看着自己。年轻人说：

“罗塞塔，谢谢你，花籽平安发芽了。它会代替‘彼岸世界’的黑暗，赋予你新的灵魂，让你开始新的人生。你会作为婴儿降生，步入新的人生，在花结籽成熟的时候，你会成为守护种子的宿主。你将和花相依而眠，迎接永恒的下一个轮回。现在，请用你最后的气息唱起歌来，来召唤连接我和你的灵魂、带你去人世的灵魂之母。”

“唱歌？”

罗塞塔满是皱纹的脸松弛下来，浮现出微笑。歌，一直伴随着他。

“唱吧，唱出最后的歌。”

罗塞塔静静地张开嘴，用最后的气息送出歌声。

那歌声像是触动人们灵魂的风，缓缓吹拂。受到这轻风的召唤，几个灵魂聚集到湖边——那是在睡梦中的人们的灵魂。被将死的罗塞塔哀婉动人的歌声所吸引，灵魂们聚集到湖泊附近村镇安睡的人群中来。

旁边的年轻人倏地把脸转向灵魂中的一个。

“我们去迎接那个女孩吧。她虽然伤痕累累，快要死了，但如此美丽动人、闪闪发光……啊，她身上的光多么耀眼。在这个夜晚，她来到这个湖边安睡。她身上的力量，能孕育花儿的下一个宿主，成为灵魂之母。”

罗塞塔没有回答，他的模样已经淡得几乎看不清了。年轻人站起身来，走进那片淡蓝色的黑暗中，迎接那个初次见到的女孩。

这个夜晚，在群山围绕的湖边安睡的又穷又丑的女孩，做了一个美梦。梦中，她和住在白木宫殿里的青年恋爱，生子。

女孩从梦中醒来，抛弃了之前的人生。

光阴荏苒，女孩成了远近闻名的咒术师。

转眼间，离花籽发芽的夜晚已经过去五十二个春秋，花也迎来它的盛开之时……

第一章

花之梦

尤格诺的声音比微风还轻，比水波还柔，在空气中摇荡。在周围的树林中、草丛中，难以名状的复杂旋律开始回响——它们时而高亢，时而低沉，此起彼伏。

就像有一根线把彼此相连，声声相和，余音绕梁……

巴尔萨的全身仿佛被柔波轻摇，泡泡飘扬——意识仿佛在云端漫步，不能自已。

通树灵者

巴尔萨做了个梦。

梦见夜幕降临的草原，周围没有一点星光，像涂了黑漆一般，伸手不见五指。只有草在轻轻摇晃，摩挲着她的膝盖。

周围为何如此悄无声息？风吹拂着草，草轻拂着心。长笛般高亢的声音从脚边升起，在发梢萦绕。

感觉到头发被碰了一下，巴尔萨一下醒了过来。

为了不让人发现自己已经醒来，巴尔萨闭着眼，保持着睡觉的姿势，全身心地去感觉是谁在碰自己。

巴尔萨是习武之人。当外人已如此靠近，近到可以触碰到自己头发的时候，即使在熟睡中，她也不可能察觉不到。尤其露宿野外，即使睡得很沉，甚至已经进入梦乡，她的一部分神经也仍处于清醒状态。

一只田鼠踩着脚下的草地，轻轻从巴尔萨身旁跑过去。她感觉到有人用手触摸自己的头发，却完全感受不到周围有人的气息。

是在做梦，还是有鬼怪？巴尔萨疑惑不解。

巴尔萨慢慢移动身体，悄悄睁开眼睛，朦胧中看到矗立在淡蓝色黑暗中的树丛，闻到周围弥漫着掺杂露水气息的泥土味。

突然，沼泽那边传来杂乱的声音。拼命奔跑的脚步声、追赶者的怒吼声，粗暴地打破了夜晚的宁静。

巴尔萨尽量不出声音地卷起盖在身上的油纸，起身握起用惯的长枪。透过树丛俯视沼泽，朦胧中看到一个男子，在下游湿滑的岩石上拼命逃跑，脚步踉跄。

他身后，三个男人紧追不舍。

裹着熊皮的那个不是猎人——新约格王国没有这么背刀的猎人。与其说是猎人，不如说他们是商队的雇佣兵。另外一个男人背着弓箭，看起来并没有想要杀死对手，根本没有拉弓的意思，大概是想活捉吧。

看到这情景，巴尔萨皱起了眉头，心里琢磨：虽说是一个人跑，三个人追，但不一定追的人就是坏人。要是他们不想杀逃跑的人，自己又对情况一无所知，那就没有必要出手相救了吧？话虽如此，看到逃跑男子那股拼命劲儿，撒手不管的话又觉得说不过去。

突然，不可思议的事情发生了。男子在湿滑的岩石上拼命奔跑，顾不上观望四周，却突然抬起头，像是知道巴尔萨在这里一样，直视着她。

对视的瞬间，巴尔萨不自觉地向后退了一步。

“可恶……”巴尔萨心中骂道，如此漆黑的夜里，这家伙是怎么发现躲在树荫里的自己的呢？

男子的脸混在模糊的黑暗中，看不清楚。巴尔萨却清楚地知道，他正死死地盯着自己。

一刹那，巴尔萨一咬牙，猛地抬起头来。男子瞬间掉转方向，朝巴尔萨拼命跑来。

其中一个追捕者喊道："他想溜进草丛里！"

听到这句话，巴尔萨皱起了眉头，因为这不是这一带的语言。

是桑加尔语。桑加尔人怎么会出现在北部的山区？巴尔萨疑惑不解。

桑加尔是遥远的南方王国，即使策马到离这里最近的国境线，也要十天之久。

那个叫喊着的追捕者好像惯于在沼泽边行走，把另外两个同伴甩在身后，眼看就要追上逃跑的男子。

逃跑的男子一边喘着粗气，一边抓住树根、草根拼命奔跑，追他的人已经近在咫尺。

追捕者满脸络腮胡子，喊道："你这浑蛋，让老子费了这么大劲儿！"眼看就要捉住逃跑男子的衣领。

突然，追捕者双手紧握，高抬着头，瞬间冻住一般静止了。

原来，明晃晃的枪口已对准他的鼻尖。

渐渐看清持枪人的追捕者哑然失声，因为对方是个三十岁出头模样的女子。干干净净的黑发利索地束在背后，略脏的旅行装裹在身上。看她的从容镇静，追捕者一下子就明白，这是一个习惯于打斗的女子。

女子自言自语："原来如此，近处一看就明白多了。"

她接着说："从背着的刀来看，你应该是狩猎者的'奴隶猎人'吧？"

追捕者脸上现出吃惊的表情。

就在追捕者低声咕哝"这浑蛋，多管什么闲事"的时候，他的眉心开始一点点渗血，转眼间血已经流到眼睛。他叫喊着用手捂住脸，巴尔萨的枪口戳到他眉心的时候，他甚至还没明白过来发生了什么。

快要流血而亡的追捕者，踉踉跄跄寻找着逃路。巴尔萨一记左拳击中他胸口的要害，追捕者一下子双膝跪地，双手下垂，气绝身亡。

"咦？怎么回事？"好不容易赶上来的另外两个追捕者透过树丛看到有人影朝他们扑过来，一下停住了脚步。意识到对手拿着长枪，他们急忙握紧刀柄，把背上的刀抽出来。虽然他们因奔跑而气喘吁吁，但握刀的姿势丝毫不乱。

追捕者们本来打算在逃亡者逃进树林前抓住他，没想到一时大意，落到自己无法脱身的地步——看面前这个女子拿枪的姿势，就知道她善战。

再者，在新约格王国北部的青雾山脉中，他们也无计可施。无论怎么看，这个女子既不是新约格王国人，也不是原住民亚库族人。从她结实的骨骼和长相来看，应该是青雾山脉北方的坎巴尔人。

"喂！我说，你是谁啊？"其中的一个男子用并不流利的坎巴尔语问道。巴尔萨轻笑一声，用桑加尔语说道："嘿，狩猎者，不要乱说坎巴尔语！"

听到女子用桑加尔语回答，他们吃惊地睁大了眼睛：“噢，原来都是误会啊。我们是桑加尔商队的雇佣兵。他是贼，偷了我们的东西。”

就在这时，年轻男子用盖过雇佣兵的声音喊道：“他说谎！我什么都没偷！”

追捕者的视线透过巴尔萨向后看去。见他们神情恢复平静，巴尔萨暗自咂舌：

傻瓜，我还以为你早跑了呢……

“快停止这烦人的把戏吧！”巴尔萨使劲晃了晃长枪，“我知道在刀柄上镶玉石的意思。我不知道你们在桑加尔干了什么见不得人的勾当，但是在新约格王国，我不会让你们杀人的。‘青手’可没那么好说话！”

追捕者的表情一下子变得凶恶起来：“原来你是‘青手’啊，那就不用客气了。”

“青手”是新约格王国一个贩卖人口的组织。当然，巴尔萨并不是这个组织的成员，此时却骗过了他们。

追捕者们趁机握住原本骑马作战时使用的战刀的反面，这样一来，刀身变长，攻击的最佳距离变短，在攻击的时候会更有威力。尽管巴尔萨的枪只是及肩的长度，但还是比对手的刀长一些。

巴尔萨等待着，她握紧长枪的同时，盯着另一人突然伸入怀里的手。换句话说，巴尔萨在准备攻击一个人的瞬间，也提防着另一人偷袭。

就在追捕者等待的间隙，巴尔萨看清了对方站立的位置，估摸出与他们之间的距离。对手是否会攻击，以及他们接下来的动作，在巴尔萨脑海里清晰显现，而后，那些画面退潮一般从她脑海里退去，紧张的寂静充满她的内心。

巴尔萨迈动步子，如同朝自己的朋友走去一般，用的只是最平常的步伐。这一出乎意料的做法让对方瞬间迷惑，但是很快，他们互相对视之后，左侧的男人撤到长枪的杀伤距离外，迅速绕到巴尔萨背后。

他打算趁巴尔萨攻击同伴的时机，把厚重的刀掷向她的背后，无论命中哪里，都会是致命伤。

巴尔萨就像完全没注意到背后的男人一样，只是朝对面的男人靠近。

在巴尔萨攻击的瞬间，别说在她背后的男人了，就是她面前的男人，也完全不知道会发生什么，他只是突然感觉自己的右膝火辣辣地疼——他的腿筋被挑断，疼得大声呻吟，跌向河滩。下一个瞬间，巴尔萨已转向后方。

准备掷刀的男人慌忙重新握紧刀柄，面朝巴尔萨。绝望的恐怖向他袭来，他根本摸不透巴尔萨会在何时出手。

巴尔萨每逼近一步，男人就不禁后退一步，以为这样就能保持在长枪的攻击范围之外。等到突然感到火烧般的疼痛时，男人惊呆地低头看看自己的膝盖，又抬头看看巴尔萨。男人连尖叫都没来得及，就“咚”的一声滚向河滩。他感觉自己像是被一把看不见的长枪刺中。

虽然男人已经无心恋战，巴尔萨还是隔着对方的杀伤距离，从他身边走过。这时，她听到有人不慌不忙地说：“为什么不在那个用右手的男人右侧攻击呢？”

抬起头一看，向她走来的是那个逃跑的男子。那是一个二十岁出头、像鹤一般又瘦又高的年轻男子。这是一张亚库族和约格族混血男子的普通的脸，但褐色的眼睛很吸引人。

“要是在侧面出手，如果再有一个敌人就麻烦了……”巴尔萨说着，迅速靠近年轻男子，抓住他的手肘，快速地反方向扭住，“你这个笨蛋，有工夫慢悠悠说话，不如再逃远一点儿。”

“追我的一共就三个人，他们现在都动弹不得了啊。”

“最开始的那个只是被击中了要害，再过一会儿就会醒过来。”

“咦，你没杀了他吗？”

巴尔萨盯着他：“我为什么要为你这个素不相识的人杀人？只要让他们知道我的厉害，放他们一马得了。”

巴尔萨催他回到刚才自己露宿的地方拿回她的行李，然后沿山路走向沼泽边，又返回山路，以免留下脚印被人跟踪。她顺着野兽留下的足迹向山坳里走去。

正午刚过，巴尔萨他们来到一片草地。岩石中流出的水在草地上积成一汪清泉。

虽说是在山里，但初夏炙热的阳光烘烤着空气，他们已经汗流浃背。两人用冰冷甘甜的泉水润着喉咙，洗着脸，有一种重生的感觉。

巴尔萨仔细端详着这个坐在树根上伸着脚的男子，真是个奇怪的年轻人。他穿着约格族平民式的浅黑色衣服——尽管穿的是破旧的衣服，但一看便知，佩戴的腰带却是用价值不菲的锦缎做的。

他有着像女人一样纤细的脖子和手脚。五官看起来很普通，但那清澈的淡褐色眼睛，却让人一见难忘。

是流浪艺人中唱歌的吧？巴尔萨暗想。

城镇和村庄里的流浪歌手，会从那些痴迷于他们歌喉的富商夫人那里得到昂贵的腰带或者香袋，也只有流浪歌手才会把这种东西这么显眼地挂在身边，表示他有让人着迷的本领。可他身上又看不出流浪艺人的那种圆滑世故。

“……莫名其妙啊，”巴尔萨慢慢摇头，“要是个漂亮女孩的话还说得通，可狩猎者为什么会瞄上你这样的男人呢？”

年轻人头一歪：“刚才也听你说了，狩猎者……是什么？”

“啊？我说……你都不知道自己是在被谁追赶吗？”

巴尔萨吃惊之余，边思索边自语：“是啊，大概真是这样吧。不少人被卖了还不知道自己究竟是被谁害的。”

“啊？我只记得我在旅馆喝得酩酊大醉，醒了发现自己被装在笼子里，真吓了我一跳……口渴得实在受不了，可嘴巴被堵上，又不能叫唤。中途我被人从笼子里拉出来，还被灌了味道很怪的水。大概是安眠药吧。不过，我运气好，遇到你了。”年轻人笑了笑，“和别人相比，药物对我的身体难以起效，这虽然是个麻烦事，这次却救了自己。天亮前我醒了，那些家伙以为药还在起作用，趁他们不注意，我就逃出来了！”

巴尔萨耸耸肩，说：“这么说来，你还真是够幸运的。所谓狩猎者，就是桑加尔人的‘奴隶猎人’。他们专门抢夺漂亮的女子，再把她们卖给富豪或商人。听说他们把药掺在酒里让人喝下去，使人昏迷，然后趁昏迷的时候把人装入藤笼里。他们乔装打扮成普通的商队，把人运到目的地。因为是肮脏的交易，要是在别国被捉到就倒大霉了，于是他们乔装成商人的仆人或者雇佣兵。一般是五人一组，但大型组织里，因为不知道彼此的身份，为了避免在行动中产生争夺同一个‘猎物’之类的麻烦，在运送‘猎物’的时候，作为暗号，他们会把刀柄上的玉石故意弄歪，就像刚才那些家伙那样。”

年轻人张着嘴听得出了神：“真厉害，你是怎么知道这些的？”

巴尔萨突然想恶作剧一下：“因为我和他们是竞争对手啊。你刚逃离了虎穴，又进了狼窝。”

年轻人苦笑：“你不是什么‘青手’对吧？”

“你看样子很自信，但就是因为太容易相信别人，才会陷入被追捕的困境，对吧？”

年轻人不说话，微笑着。他的表情和动作，使巴尔萨有一种莫名的异样感觉。

“算了算了。早饭还没吃呢，而且大清早就让我到处转，都快饿死了。总算甩开了那帮家伙，就在这儿吃午饭吧。”说着，巴尔萨从袋子里拿出鹿肉干，还有可以长时间保存的烤饼。她把烤饼掰了一半给年轻人，年轻人高兴地接过来就啃，一边大口嚼着加了香喷喷果实的烤饼，一边自言自语道：“这是核桃烤饼吧？”

巴尔萨展眉一笑："知道得不少嘛。没错，就是核桃烤饼。不仅能储存半个月以上，还是充饥的好东西呢。"

"以前，一个出来干活的坎巴尔人分给我吃过一次。你是坎巴尔人吧？"

"生下来的时候是。"

年轻人"啊"了一声，挠挠头说："抱歉，刚才你救了我，我还没有向你道谢呢，连名字都没说。"

巴尔萨笑了："是啊。"

"现在正式说一遍，非常感谢你救了我，我叫尤格诺。"

年轻人伏地磕头，用约格人最隆重的礼仪来道谢。

"我叫巴尔萨，来自外乡的保镖。和'青手'没一点关系，放心吧。"

尤格诺恍然大悟地笑了："原来是保镖啊。你就像谜一样有意思。虽然是坎巴尔人，却能同时说约格语和桑加尔语；虽然是女人，长枪却使得这么厉害，不禁让人猜想，你到底是谁。"

"你真是个天生的艺人，本业是歌手吧？"巴尔萨苦笑着。

尤格诺吃惊地睁大眼睛："你真厉害啊，这都能看出来！"

"做生意会见识到各种各样的人。可我还是不明白，为什么狩猎者会对歌手有兴趣呢？桑加尔应该不缺好歌手。"

尤格诺站起身来朝泉边走去，蹲下来用双手捧起水，润过喉咙后又回到巴尔萨身边："这个世界上天生有一副好嗓子的人是不少，可天生有我这样命运的人就不多了。"

年轻人说话的语气让巴尔萨后背一阵发凉。

“你救了我的命，那就请听听我真正的歌声吧，不是卖唱时的那种声音。”

巴尔萨慌忙抬手：“等一下，在这儿唱歌不太好吧。”

尤格诺眯起眼睛，好像在侧耳倾听什么似的。

“没关系，能听到歌声的范围里现在没有人。”说着，尤格诺脸上浮出笑容，“你大概担心那种古老的传说吧，‘在山涧唱歌会遭受诅咒’之类的，不用担心，你听了就会明白了。”

尤格诺使出力气站了起来，闭上眼睛，轻轻调整气息……

奇妙的事情发生了——四周的声音就像潮水退去一般，越来越小，越来越小，渐渐消失。最后，连自己的呼吸声都听不到了，周围一片寂静。

尤格诺开始歌唱——他的声音像掠过草丛的风儿一般安静，慢慢地，唱出轻柔的曲调。

巴尔萨听着，从皮肤到胸口，乃至全身，都感觉到一种不可思议的震动。

尤格诺的声音比微风还轻，比水波还柔，在空气中摇荡。在周围的树林中、草丛中，难以名状的复杂旋律开始回响——它们时而高亢，时而低沉，此起彼伏。

就像有一根线把彼此相连，声声相和，余音绕梁……

巴尔萨的全身仿佛被柔波轻摇，泡泡飘扬——意识仿佛在云端漫步，不能自已。

身体和心灵融为一体，却又能分别和声音相和，轻轻晃动。

喷涌而出的快乐螺旋上升，飞向天际，渐渐地归于平静。

虽然声音消失了，巴尔萨却依旧无法动弹，眼睛看不见，耳朵听不见。

好容易看清了周围，森林的声响又回到耳际。巴尔萨感到震惊——周围的一切都比之前更加鲜明美丽，就像雷雨过后天空放晴，森林的嫩绿闪闪发光，树木的清香扑鼻而来，沁人心脾。

巴尔萨感到胸口被紧紧揪住，百感交集，热泪盈眶——听歌的时候，连感情都消散了。巴尔萨用双手盖着脸，一动不动，然后抬起头来，凝视着年轻人。

“多么美妙啊！你是通树灵者，对吧？原来真的有这样的人啊。之前我从没想过……”

尤格诺在巴尔萨的身边坐下：“对啊。刚出生的时候，我是一个特别普通的农家孩子，却特别喜欢唱歌。无论是劳作的时候、过节的时候，还是向心爱的姑娘表白的时候，歌唱都陪伴着我。怎么说呢……是歌唱让我变得招人喜欢。可是，父母却感到不安。做父母的就是这样吧——只要关心孩子，就会关心则乱。我妈妈经常说：‘在山里，尤其是在泉水和沼泽边，绝对不能唱歌。’这种说法大概很早就有吧。人们传说，水边有喜欢歌唱的树灵，要是声音优美的孩子在水边唱歌，让树灵着迷的话，树灵就会附在孩子身上。听说树灵的歌声能给予人其长无比的寿命，但是，谁要是见到树灵一次，就不再是普通人了。”

尤格诺苦笑。

“我把父母的话铭记于心，也始终相信这是真的。可是在十三岁那年，我特别想试一下树灵会不会被我的歌声所吸引，要是能被树灵青睐的话，就能证明我拥有非凡的歌唱本领。树灵们给了我无限的快乐、惊人的快乐。但是，之前的一切——如果生活如常所能得到的一切，包括我的未来，都被夺走了。”

尤格诺看了巴尔萨一眼：“你看我年纪多大了？”

“大概二十岁吧。”

尤格诺的脸上浮现出落寞的笑容，说：“到今年夏天，我就五十二岁了。”

“啊？！”

“和通树灵者一起唱歌，真的会得到无限长的寿命……刚刚你听了那首歌，寿命也会延长一些。”

巴尔萨回想起那种感觉——身体和灵魂在颤抖、在沸腾，她慢慢摇头，说道：“……你可要多加小心，要是让别人知道这件事就糟了。狩猎者当然会盯上你，你就是长生不老药。无论花多高代价都想要得到你的人，多得就像天上的星星。”

“是啊，我明白，从那以后，我一直都是小心翼翼地活着。家乡的村庄当然是不能再住下去了，因为一个年过三十、看起来却像十五岁的男人实在太惹眼；也不能在一个地方待得太久。所以，我就以一个流浪歌手的身份，在人前唱些普通歌曲来谋生。……只有一次犯了个大错，就导致了这次的麻烦。

“去年秋天，我在一个客栈遇到了一个桑加尔的服装商人。她虽然是个女人，可是很有经营头脑，买丝线的时候，不亲自过目就不放心。因为生意，她来到新约格王国。她是个特别美丽的女子，我对她一见钟情，无法自拔……那个时候都失去理智了，我不愿在她眼里只是一个微不足道的流浪艺人。”

落寞的笑容又一次浮上尤格诺嘴边：“她是除了家人之外，唯一知道我秘密的人。她听了十分感动，握住我的手说，‘明年初夏，我会再来新约格王国进货，我们提前定下日子，还在这个客栈见面’。前天就是约定的日子，我在客栈里等她的时候，来了个自称是她手下的男人，请我喝了美酒……”

尤格诺说到这儿就沉默了，呆呆地低下头去：“……这里头肯定有什么原因吧，比如她生意失败了，无论如何需要一大笔钱，就哭着把我卖了。”

尤格诺抬起眼睛微微一笑：“我自欺欺人是吧……但我真是这么想的。”

“树灵现在就在附近？”

“是啊，那儿，还有那儿，站着呢。”尤格诺指指朴树树荫和泉边的草丛。巴尔萨凝神注视，根本看不到什么像树灵的东西。

“你是看不到它们的样子的。但是我和树灵之间有纽带，任何时候都能感觉到它们的存在，也能听到它们的声音。”

“但是我一点都感觉不到……明明我是能感觉身边气息的。”

“因为它们和草木的气息是一样的。”

巴尔萨突然想起今天早上发生的事，碰自己头发、叫醒自己的是……

“原来如此，树灵们是想帮你吧……”巴尔萨小声说着，抬头看看尤格诺，“树灵可以让人做梦对吧？”

“应该可以吧，这问题我从没想过。”说完，尤格诺好像想到了什么，脸上浮现出明快的笑容，“让人做个美梦的话，也许我也能做到。”

“……你说什么？”

巴尔萨刚一问，尤格诺就脸红了，笑着摆手：“哎呀，好了好了，忘了我刚说的吧。”

“你越这么说，我越想知道。”

尤格诺却笑着岔开话题：“其实，只要是个歌者，谁都可以做到。”

看到尤格诺揣着秘密，高兴得像个孩子，巴尔萨突然想到一个好主意。

“我说尤格诺，狩猎者特别难缠，你不如蓄发留须，换个样子到偏僻的村庄藏起来……而且，我知道一个不错的藏身处，你想不想去？”

尤格诺皱着眉头：“那就恭敬不如从命了。是你的一个藏身之所吗？”

“是我青梅竹马的老朋友的家，我小时候在那儿生活过一段时间，和自己的家一样。老实说，我也想让你见见他。他叫唐达，是个见习咒术师，要是能见到你，他一定会非常高兴的。”

沉睡不醒的人们

唐达正给横躺着的侄女把脉。他能感觉到，站在自己身后的哥哥一家正用不安、依赖的目光注视着他。

侄女沉睡中的脸颊，看起来要比十四岁幼小得多。她被藤蔓编织的席子包裹，沉沉睡着，脸色不太好，呼吸却还平稳；脉搏有点慢，但也没有什么异样。

“……从早上就一直是这种状态吗？”唐达扭过身问道。

诺西尔点点头。诺西尔是唐达的哥哥，沉睡的女孩的父亲。

“是啊，无论怎么摇晃、拍打，她都没有醒过来。”

“用力拍打她的头也没用吗？”

焦虑地注视着唐达的侄子们和嫂嫂娜卡都摇头：“昨天夜里之前她都和平常一样。你也知道，这孩子很好动，平时从一大清早起来就一直动个不停。”

唐达的目光回到侄女卡娅的身上。他试着用手腕的力量用力摇晃她，可卡娅还是呼呼大睡。

印象最深的是卡娅的睡容——微微的笑意浮在脸颊上，看起来很幸福。唐达双手相互摩擦，调整呼吸。他右手搭卡娅的脉，左手放在她的额头上，许久静静地闭着眼睛。

看到唐达叹息着睁开眼睛，身后的哥哥小声问：“怎么样？果然是被诅咒了？”

唐达刚想说“不是这样的”，但他注意到了哥哥的眼神。刚才一直站立不动的哥哥走了过来。

哥哥把唐达带到屋子的角落，用孩子们听不到的声音说：“尽量小点儿声。卡娅是不是被诅咒了？”

“不是那么回事，你不用担心诅咒。”

“那是怎么回事？生病了？”

“不是，至少不是身体方面的疾病。”

哥哥眼里一惊：“那是怎么回事？”

哥哥简直在愤怒地瞪着自己。唐达回答：“说实话，我也不知道卡娅为什么沉睡不醒。不是生病，也不是被诅咒。我只知道这么多。”

哥哥怒了：“你真能确定不是诅咒？！”

这句话脱口而出后，哥哥轻蔑的表情马上变了——他记起来，这个看起来不着调的怪家伙，自己的弟弟，是这个国家的英雄。就在去年，他帮助太子把国家从大旱灾中解救出来。想到这一点，哥哥急忙更正：“……是我不对，你肯定不会把这样的事弄错的。我没什么恶意，就是一着急……”

唐达平静地回答：“总之，唯一能确定的就是，肯定不是诅咒。不过就像哥哥说的，作为一个咒术师，我还修炼得不够。正好现在特洛盖伊大师刚刚回来，我去征询一下她的意见，这样就能弄明白了。”

哥哥愁眉不展地沉默了一会儿，视线又回到唐达身上：“那敢情好，但是即使弄清楚了原因，你还是要说卡娅的病因就是诅咒。”

唐达注视着哥哥。哥哥焦虑地盯着唐达，压低声音继续说：“你也知道的，今年秋收过后，卡娅就要出嫁了。与其被认为是得了奇怪的病，不如说是被什么人诅咒了更好。”

唐达轻轻摇了摇头：“这点我也明白，可是，要是这种被什么人诅咒的风言风语传开的话，卡娅就会被那些和她关系不好的姑娘，还有那些爱说三道四的人怀疑，这样会造成麻烦的。我不赞成这么做。”

哥哥冷眼看着唐达：“卡娅可是你的侄女啊！因为你不生活在这个村子里，整天在山里和灵魂呀、怪物什么的打交道，可能不明白村里的情况。要是有什么奇怪的传言，卡娅这孩子就会一辈子被传言包围。会给谁造成麻烦？要是担心给你造成麻烦的话，就把责任推到前一阵来村子里的那个流浪艺人身上吧。”

哥哥一口气小声地说了这么多，一下子松懈下来：“唐达，你今年多大了？我今年三十八了，你也快二十九了吧？本来你这年纪，也该有自己的可爱女儿了。在山里，你对女人避而远之，也许你在和咒术师或者外乡的女保镖交往吧。无论你是多么优秀的咒术师，在我眼里，你就只有十四五岁而已……”

唐达唇边浮出落寞的笑容。哥哥是个本分的农民，受人敬重，但他和自己之间有一条深深的鸿沟，那是一条怎么用语言描述都无法逾越的鸿沟。

哥哥长叹了一口气，把手搭在唐达肩膀上，说：“你是英雄，被人们信赖；你也有我们这些亲人。在我眼里，你不是什么奇怪的流浪咒术师，只是我可信赖的弟弟。抱歉说了这么多苛刻的话。总之，卡娅的事就拜托你了。”

唐达点点头，回到卡娅枕边，对娜卡说：“嫂嫂，每天都要想办法让卡娅喝三次水。喂水的时候要把她的身体扶起来，免得呛着。要是她自己能喝水的话，就给她喝加蜂蜜的温水。还有，要尽量让她的身体保持清洁。”

矮矮胖胖的嫂嫂一边听着，一边点着头。虽然是插秧刚刚结束的农忙时期，但亲戚们会搭把手，总有办法的。

从哥哥家里出来，走在山路上，唐达陷入深思。平时熟悉唐达的人要是看到他这副凶恶的表情，一定会吃惊。因为这个有着孩童般面孔的男人性格沉稳，脸上经常是一副悠然自得的表情。因为他的人品，附近村里的人都敬仰他，还把他当作可信赖的草药师。

然而，就像哥哥话里所流露的那样，无论是草药师还是咒术师，他都不完全是这个村子里的人。因为不是农民，所以从来没交过税，当然在饥荒的时候也没有领过发给农民的救济粮。自己不在村子里住，没参加过村里的节日活动，也没有和村里的人结婚。作为一个与灵魂对话、放飞魂魄、旅行于异世界的人，他能感受到人们对自己的望而生畏。

唐达生活在青雾山脉脚下附近的山里——从新约格王国都城光扇京步行大约一个小时有个山间草庵，在那里，他通常是一个人生活。

新约格王国是一个建国两百年左右的国家，约格人的祖先因为厌恶原来的约格王国，远渡重洋来到绿树成荫的拿约洛半岛。

在约格人到来之前，在这个半岛上生活的是亚库人。亚库人和约格人完全不同，他们有着黑色的皮肤、黑色的眼睛，靠耕地打猎、采集树木的果实和草根生活。

约格人到来后的两百年间，王族和贵族自不用说，就连在都城生活的商人们也保持着纯正的约格人血统。但是大多数的约格农民和亚库人通婚，如今支撑着这个国家农业的是褐色皮肤的农民们。

唐达也拥有亚库人和约格人的双重血缘。近于黑色的褐色皮肤，剪得很短的褐色头发，下面是黑色的眼睛，眼里充满温和的目光。鼻梁不高，一张和蔼可亲、怎么看都让人觉得善良的脸庞，但是现在这张脸上却是一副严肃的表情。

唐达的家在山里一块小小的草地上，有个小水池的单间小屋，原本是教他咒术的师父的家，因为师父经常突然消失不见，不知从什么时候开始，唐达就继承了这个房子。

刚打开门，一股温热的酒香就飘了过来。房间正中的地炉旁边，一个老妇人正在搅拌锅里的东西。

“好香啊。师父，您老人家在做什么啊？”

老妇人抬起头，黝黑的脸上布满皱纹，一头白发蓬乱不堪，小眼睛就像脸上被切开的两条缝，鼻子硕大。这是个看一眼就让人无法忘记的丑陋老妇，但是她的眼睛里，却有一股强大的精气，那是一种和年龄不相符的精气。这个丑陋的老妇就是唐达的师父——那个传说拥有无限力量的咒术师特洛盖伊。

“用酒煮鸟呢。”特洛盖伊生硬地回答，突然皱起眉头问，“你怎么了？一副遇到难题的表情。”

唐达坐在火炉旁边，把今天诊断的侄女的症状一一告诉师父。

“因为不想让哥哥担心，就没有告诉他。我觉得，那应该是灵魂出窍。”

“试过一体诊了吗？”

一体诊就是利用触摸——右手握住病人的手腕，左手触摸病人的额头——把病人的灵魂和自己的灵魂连在一起的咒术。

“试过了，虽然有生命体征，但是已经没有灵魂了。”

人有“生命”和“灵魂”，它们通常被一根肉眼看不见的线连在一起。

“生命”在人死之后来到另一个生物的胎内，和新的灵魂结合，永远在这个世界上循环。

“灵魂”就是思考着各样问题的“心”，做梦的也是“灵魂”。

大部分的梦是“灵魂”把各种记忆和欲望混淆后制造出来的，但是有的时候，“灵魂”会离开身体到另外一个世界去游荡，这时候的梦，就是在另一个世界真实发生的事。

人一死，被切断和“生命”联系的“灵魂”就会被另一个世界吸引，等忘记前世的一切之后，就会变成新的“灵魂”，在这个世界出生。

但有时候，要是死时还残留着仇恨等强烈的感情，和“生命”切断联系的“灵魂”会继续带着生前的记忆，又回到这个世界。这就是被叫作“幽灵”的东西。

像特洛盖伊这样的咒术师，懂得抚慰“灵魂”、把它们送回那个世界的咒术，唐达也曾经几次协助师父应付这样的“灵魂”。正因如此，刚才给侄女诊脉的时候，他才会清楚地知道，侄女的体内没有“灵魂”。

“这并不是偶然的巧合。”特洛盖伊摸着后脖子自语，“今天早上我去见了修加对吧？”

“对啊，那个观星博士。”

观星博士就是掌管这个国家宗教和学问的星宫的博士，人们传说年轻的修加是他们当中的天才，前途无量。因为一段奇缘，他和特洛盖伊相识，私下里交流彼此的知识。

“对。修加跟我说的，和你关于你侄女的描述一模一样。”

“啊？难道还有别人也在沉睡不醒？”

“听说是大王妃，她已经持续沉睡了两天。”

唐达一脸吃惊。大王妃就是国王的长子——太子的生母。据说她最钟爱的太子萨格姆一年前因病去世，大王妃因此悲伤不已，于是一直隐居在山之离宫。

“两天多……”唐达自语道，“确实不是偶然，那原因到底是什么呢？”

“大王妃那边还弄不清楚是什么原因，你侄女那边怎么样？你哥哥也没提供什么线索吗？”

“哥哥啊……对了，我想起一些情况。”唐达紧皱着眉头继续说，“我和卡娅关系很好，虽然我们不经常见面，但是只有我们两个人的时候，卡娅经常和我说些心里话，是一些只能和怪叔叔才能说的事。”

唐达苦笑了一下，说：“就在前不久，来了一个唱歌的流浪艺人，听说是一个嗓音很好的年轻人。卡娅不是什么出格的女孩，说起来她算是个老实的孩子，但是不知怎的，就对那个年轻人一见钟情了。当然，只是单相思……很快，那个人就动身去了别的村庄，卡娅也没有去追他，只是怀抱着梦一般的爱恋。”

唐达难为情地摸了摸下巴，接着说：“但是，就在前几天，家里决定把她嫁给邻村一个比她大十八岁的农夫……她说自己心情一直很灰暗，也说不清楚。她现在正是爱胡思乱想的年纪，我想，是她的心思导致了现在这种状况。”

说到这里，唐达好像突然想起了什么，说：“而且，就在快触摸到卡娅灵魂的时候，我闻到了一股好闻的味道，就像花香那样。要是谁被施了咒语，会发出施咒所用的托尔加树根的焦味对吧。因为卡娅没有那种味道，我才判断她不是被人诅咒。或者，是不是还有用花施咒的方法，只是我不知道而已？”

特洛盖伊没有回答。她那心不在焉地注视着炉火的眼睛，看起来像是在注视着别的世界的时光。

唐达知道，要是这样的话，即使催促师父也没用。他让老咒术师静静地待着，自己弯腰往锅里看了一眼，熟练地去掉浮沫。他尝了一小口汤汁，皱了皱眉，又添了少许水。

唐达加入青菜和芋头去吸汤汁，等汤煮得差不多的时候，特洛盖伊总算动了动身子。唐达把煮好的汤盛在碗里递给特洛盖伊。

特洛盖伊像要把双手焐热一样把碗捧在手里，狼吞虎咽地吃了起来。虽说快到初夏了，但是山里的夜晚还是很冷。掺了酒煮的热汤下肚，整个身体都暖和了起来。

特洛盖伊喝着用拉蒙树叶煮的茶，冒出一句："很可能，在'那个世界'，'花之夜'已经到来。"

"'花之夜'？'那个世界'是纳由古吗？"

亚库人知道，除了看得到的世界萨古，还有一个看不到的世界——纳由古。

约格人是不相信这点的，但是特洛盖伊和唐达借助咒术的力量，能远远地看到纳由古的景色，甚至可以和住在纳由古的人交谈。

"唐达，这是和你都没说过的话——因为我不想说。说这些一点意思都没有，还必须说起我的过去。"

平时总是毫不客气、快言快语的特洛盖伊现在好像在犹豫什么似的，寻找合适的说法开口："关于萨古和纳由古，你也是知道的吧。纳由古是和这个世界重叠的另一个世界。使用咒术，我们醒着就能看到纳由古。可是，纳由古是个深不见底的沼泽，越往深处走，里面就越宽广。拙劣的咒术师只要能看到很浅的地方就已经满足了……不过也是，对于技艺拙劣的咒术师来说，往深处去，那是个可能丢了性命的危险世界。"

特洛盖伊咧嘴笑道："我的师父就是一个去过很深很深地方的人。

我到了现在这个年纪，也总算能到达和师父一样的深度了。唐达，就像我以前告诉过你的那样，异世界不只是一个纳由古，还有像萨古和纳由古那样重叠着的世界，也有就像水中的气泡那样既接近又疏离的世界。”

特洛盖伊叹了口气，接着说道：“就在我还不知道咒术为何物的时候，就已经遇到过难以想象的奇怪世界了，就在我儿子去世之后。”

唐达目瞪口呆地看着师父，问：“师父的儿子？师父有过孩子吗？！”

特洛盖伊极不愉快地瞪了唐达一眼说：“我说你小子，以为我是什么啊？我也有过年轻的时候！”

“啊，对对，这是当然的！”

“我生过三个孩子，两个儿子一个女儿。可是我的老家土地贫瘠，比这里还要穷得多，三个孩子都没到四岁就死了。”

特洛盖伊第一次和唐达说起自己的过去。那真的是一个哀伤的、特别不可思议的故事。

守花人

“我出生的地方，是一个只有亚库人生活的小村庄，现在已经没有这样的村子了。因为村子里所有的人都是亲戚，按照亚库人的规定，即便是只有一点点血缘关系，也不能结婚，所以很多人和下游的约格族人结婚。所以，你肯定能想象到吧，从出生开始，我就是个奇怪的女孩。”

特洛盖伊看了看唐达，笑着说：“黎明时分起床，一天劳作，睡觉。嫁人，生子，孤独终老。在这个村子里，谁都认为这样的生活理所当然，谁也没有想过除此之外的人生。可就在这样的村子里，我总是想，应该有不一样的生活——一直怀抱这样的想法生活着。过节的时候，远方来的流浪艺人唱的歌让我怦然心动，梦到了遥远的异国。可是在勉强维持生计的日子里，这样的梦只能一直深深埋在我的心底。十四岁那年，我嫁给了下游一个从来没有见过面的农夫。”

特洛盖伊的眼里浮现出痛苦的神情，继续说道：

“他是个令人厌恶的男人。虽说是干活的好手，但仅此而已。从来没有想过要对妻子温柔，即便是有了孩子，也从来没有好好疼爱过。那是一个比别的村庄更贫穷的地方，每个女人平均生十个孩子，可最后能活下来的，只有三四个。我也是在十五岁时生下第一个孩子后，又接连生了两个，可是三个孩子都早早夭折了。丈夫也没怎么伤心，觉得这没什么大不了的，而且，孩子是想生几个就生几个的。但是我不那么想。孩子们刚死去不久的那段日子里，我总觉得能听到孩子的笑声，总能感受到孩子的脚步声。从那时候开始，我就慢慢变得奇怪起来。别的女人可以克服的悲伤，我就是没办法克服。以前心里怀抱着的想法，如同埋在心底的炭火一般的想法，渐渐发展成闪烁着光芒的火苗。最后一个孩子死后，我就离家出走，到山里去了。”

唐达轻轻地点点头。失去孩子的女人突然失踪不见的事时有发生，等半个月过去之后，有人会发现她衣衫褴褛地在山里彷徨。这时候，村里的人会说：“这个女人被山神召唤了。”

“只要一在村子里待着，就觉得好像喘不上气来。只有去山里摘野菜的时候，心才能一下子安定下来。在那个时候，无论做什么事，不知不觉地就会朝山那边望，有时等回过神来，发现自己已经站在山里，完全不记得是怎么爬上山来的。

“有一天也是，正在做农活的时候，突然头疼起来……回过神来，发现自己正站在山里。要在平常的话，我会在树荫下站一会儿，然后在丈夫发现之前下山，可是那天，无论如何我也不想回到村子里去了。

“要是就这样一直一直往里走的话，会怎样呢……我觉得，即使就这样倒下死去，也很好。

“那时正好也是现在这个季节，山里满是浓浓的嫩叶清香。在那片青绿色的光里，我一直漫无目的地往前走，脚被树根绊住，身体缠在草丛里……

“拂晓时分，我踉踉跄跄地走到一个群山环绕的大湖，跌倒在湖边。黎明前的青色黑暗中，湖静静地横在面前，没有一丝微波，镜子般平静的黑暗湖面上，慢慢地，升起了白色的雾霭。

“我在湖边坐了下来，就那样睡着了。

“接着，做了一个奇怪的梦——梦到自己睡在湖边，躺在湖边的草丛里，难以名状的清爽的风吹了过来，轻抚着我的身体。

“我感觉到死去的孩子正在呼唤我，于是慌忙起身。然后，我看见了什么东西，从湖面一直延伸到湖底。”

“……看到了什么？”

“一座庞大的宫殿——是一座倒置的宫殿。仿佛宫殿矗立在对岸，我看到的是在湖里的倒影。可是，对岸什么也没有，只有在湖里才能看到那座宫殿。

“在这之前，我并没有见过宫殿，但是我特别喜欢流浪艺人的歌，尤其喜欢这样的故事——上古时期繁华帝国的贵族们，如今依然在庞大的宫殿里做着往日的梦。小时候，我总喜欢在睡觉前编织这样的故事，尤其喜欢梦想自己和一个贵族男子坠入爱河。

“风雨大作的夜晚，在粗糙的小屋里，尽管连被褥都没有，灰尘中躺在泥地上，却还做着那样的梦。白天的我，是一个又丑又穷的姑娘。但是在梦里，我成为贵族中的一员……自从嫁人之后，就连这样的梦，我都忘记了。

“而此时在湖底出现的，是我曾经在梦里见过的巨大宫殿。我至今还记得那白木建造的复杂的房顶，仿佛就在眼前。宫殿有好几个回廊，巨大的门向湖底高高耸立。

“门里出现一个人影，向这边走了过来。那是一个身材高挑的年轻人，穿着一件我从没见过的灰色衣服，系着一根深绿色的腰带。真的如同做梦一般，年轻人看到我没有一丝惊讶，跟我说了一句‘真冷啊’。

“我回答他‘真冷啊’。

“年轻人在岸边的碎石子上生起了篝火。我们一边烤火，一边开心地聊天。至于聊了些什么，现在真的记不清了，但还是有一两句话忘不了。年轻人说，他是守花人，是花的守护者，守护的是用人们的梦滋养盛开的花。

“他说，‘一个叫罗塞塔的人今天过世了。他是花籽最好的宿主。他生前唱着歌流浪过很多地方，触摸过许多人的梦。所以，他的灵魂总是充满梦想，对于花籽来说，他是最好的宿主，充满发芽需要的滋养。

“‘在临死的瞬间，他做了一个花籽发芽的梦……于是，这个世界诞生了。

“‘花就是这个世界本身。花籽一发芽，这个世界就诞生了；花一凋落，这个世界就会消失。

“‘不过，如果花能留下花籽，让它在合适的宿主的灵魂里发芽，那么当花籽发芽的时候，如此这般，另一个新的世界就诞生了。

“‘我就是花籽发芽的时候出生的守花者。养育着花朵，给花籽下一个宿主的灵魂赋予新的生命，就是我的职责。’

“年轻人站起来，向我伸出手来。我拉住了他的手。

“我感觉身体轻飘飘地浮了起来，无比舒畅。被年轻人引导着，我朝着倒立在湖中的宫殿，滑翔一般沉了下去。

“那是一个蓝色的湖。只是，湖里没有水，有的只是蓝色的光。我以为那是拂晓的蓝色，是太阳升起之前的黎明之光。

“宫殿里没有人影，有的只是高高耸立的建筑物。抬头一看，看到的是在远处高耸的白木搭建的屋顶。我记得，屋顶上闪耀着如同水波一样的光芒。

“我们降落的地方，是一个被白色土墙围绕的宽大的庭院，叫不上名字的树木生长茂密。说是庭院，更像是在山里。在庭院的正中间，有一口澄澈得吓人的泉眼，在泉水底部的白沙里，长着一个小小的芽。”

特洛盖伊盘腿而坐，托腮看着唐达，说：

“可是，关于我究竟做了些什么，到底在那里待了多久，这些我都记不起来了。记住的，只有特别幸福的事——一心一意地和年轻的守花人相爱，用以前从没感受过的激情爱着那个年轻人。

“接着，我怀孕了，生下了孩子……那是个男孩。”

“咔嚓”一声，火堆里掉下一块炭火。

“守花人一边哄着怀里的孩子，一边说：

“‘这个孩子是在我和你之间诞生的灵魂，是这个世界和你的世界之间的桥梁。当他在你的世界出生之后，会在每个夜晚的梦中来到这里，用生机勃勃的美好的梦，来帮助花的成长。

“‘然后，一旦花盛开，这个孩子要让花在梦境中授粉，最后，带着花籽穿越到你的世界，成为新的宿主。’

“当我问他‘是不是就像罗塞塔那样’，守花人点点头说：

“‘是的。这个孩子的灵魂，曾经就叫罗塞塔。但是，他现在是我们的孩子，是一个享受崭新人生的灵魂。’

“我觉得不可思议，守花人为什么对这么丑陋的我一见钟情。当我问他时，他一脸惊讶地说：

“‘丑陋？！一点儿也不！你，如此坚强，如此美好。

“‘虽然受了伤害，面临死亡，却依然有梦，熠熠闪光……

“‘作为守花人的我，和拥有坚强美好灵魂的你，没有谁比我们更适合做花的宿主、灵魂的双亲了。’”

炉火点亮后，斑斓的光影在特洛盖伊脸上跳动。

“之后，守花人给我讲了‘花之夜’的故事。

“‘……几十年之后，庭院里的花芽长大，会结出几个美丽的花苞，当它们盛开的时候，“花之夜”就来临了。为了让花授粉，要从你的世界引来很多的梦。

“‘最先到来的梦是用来让花授粉的，但是为了结出种子，必须让许许多多的梦留在花苞里制造梦境。

“‘作为交换，花会让它们的梦美好愉快。

“‘不久，当结出种子的时候，就会起风——那是连接你的世界和这个世界的风，吹散花儿的风。’

“他刚说完这些，我就感觉到微风好像在轻抚着自己的肌肤呢。

“当我问他‘那梦们会怎样呢’，守花人看着我的眼睛回答：

“‘如果它们想回去的话，就可以乘风归去……’”

特洛盖伊睁开眼睛，注视着唐达，继续说：

“虽然他只说了这些，但是我深深懂得他话里的意思。

“我……不想回去。即使就这样死去，我也不想再回到那个村子的生活中去——在我沉迷于花的世界时，我可能真的正在被死神召唤。人们都说，对于活着的生命，最强烈的愿望就是‘要活着’……可是不知为什么，有的时候，人却不由自主地被死神召唤。

“那个花的世界，有新鲜生命的气息，就像被朝露润湿的嫩芽茁壮生长一般生机勃勃，但是也飘荡着死亡的气息，就像黎明前的黑暗那样死寂——生和死，就像被水面泡沫般的薄膜隔开，相依相伴。就是那样的感觉。”

“……可是，只要有活着的愿望，就一定能回来对吗？”

“大概是吧。”

唐达放下心来，吐了一口气。

“那样的话，卡娅就一定能回来了。她并不像师父那样绝望。连死亡都不惧怕的师父都能回来，那卡娅肯定也没问题吧？”

特洛盖伊没有回答。

“师父？”

“……啊，对对，卡娅肯定没问题。只是我那时……”

特洛盖伊撇了撇嘴，苦涩的笑爬上脸庞：

“守花人说我很坚强。大概也正是因为预料到我具有能从那个梦境回来的强大力量，才选我作为宿主之母的吧。只是，一直到现在我还在想，如果只有我自己一个人的话，我是不是还能回来？”

“啊？”

“……那时，有人一定要把我拉回原来的世界。就在和守花人说话的时候，突然，一只微微发光的鸟飞了过来。那只鸟身上好像包裹着冰雪过后的早上刮起的寒风，在我旁边飞舞着落下，‘嗖’的一声，就变成了一个人。那是一个高高瘦瘦的中年女人。她警惕地向周围看了看，忽地扬起眉毛，俯视着我说：‘你真是做了个美梦呀。’

“就像正在做着美梦的时候，突然被水浇醒，我一下恼了。她注意到我的表情，一下子抬起手，说：

“‘不行，你不能生气啊！因为你要是生气的话，怪物就可能跑出来！’

“我一点都不明白她在说什么。我只是越来越生气，越来越生气……结果就愤怒地喊了起来：‘你走开！’

“我很害怕，害怕一个外人闯进来，搅了我的好梦，让我醒过来……所以拼命想把她赶走。我心里想着：别管我，别破坏我这个重要的梦——从这点，你应该能感觉到，我在那个梦里陷得有多深。

“那个女人弯下腰来，把手搭到我的肩上。她的眼睛深处，闪着惊人的光……我还从没见过如此美丽的眼睛呢。

“她双手捧起我的脸，说：

“‘好像还是多管闲事好啊。虽然很难受，但你还是快点睁开眼睛的好。这里，离那个世界太近了。要是就这样待在这里的话，残留的身体会渐渐虚弱，不久就会死去。’

“我想要从她的手里逃脱。我不想回去。因为我觉得，比起回到以前那样的人生，在有守花人和花的梦中死去要幸福得多。

“但是她死死抓住我不放。接着，她一句一句、真心实意地说：

“‘你比你自己想象的要强大得多，这点我也十分清楚。如果你视死如归，真能放弃一切，不是可以换一种活法吗？另一种人生虽然不像梦里那么幸福，但是也有意想不到的快乐。因为在这个世界上，你不知道的事情还多着呢！’”

特洛盖伊突然笑了。

“我觉得，一股冷风突然划过我的脸颊，身体深处有一股疼痛般的力量。……还不想死去的念头，突然涌上心头。回头望去，守花人脸上浮现出落寞的笑容：

“‘大概你回去的时候到了。那么，请抱着我们儿子的灵魂回去吧。那样，他就会在你的世界里，作为某个人的孩子出生。’

“接过孩子的时候，我感受到无法承受的哀伤。我想，对于守花人来说，我只是在生下这个孩子的灵魂并把他带回人世时才有用……吧。

“守花人轻轻抚摩我的头发，说：

“‘托姆卡，不要这样，我和你之间的联系并没有中断。总有一天，我们一定会再见面的。’”

特洛盖伊长叹一口气：

“醒来的时候，我正躺在岸边的草丛里。虽说天已经亮了，但是太阳才刚刚升起。我急忙站了起来，寻找篝火的痕迹，当然，哪里都找不到。

“嘿，这下你明白了吧。我知道那是个梦，只是感觉那不是一个普通的梦。所以，当我看到那个苇塘里瘦高的中年女人冲我微笑的时候，我一点儿都不吃惊。

“那个女人直指我的胸口。就在这时，我感觉胸口有猛烈的疼痛在游走，萤火般的光点从胸口飞舞而起，一下子飞到空中，消失在山的另一端。

“那个女人问我：‘你看到刚才的光了吗？’

“伤心而落寞的我冲她点点头。

“于是，她好像很满意地说：

“‘你果然有天分——有成为一个优秀咒术师的天分。’

“我问她‘刚才的光就是我儿子的灵魂吗’，她点头道：

“‘大概是吧。那就是灵魂的光……说实话，我也是第一次看到这样的东西，所以我也不能确定。

“‘话说回来，那个梦是个不可思议的梦。我追寻你的灵魂而去，那应该是在纳由古的某个地方，但是很奇怪，你的梦和那个世界好像是相互影响的。

“‘而且，那是个很难走出去的世界，宛如旋涡的底部。稍不留神，我可能也会被困住。看样子，好像是正好赶上他让你回来的时刻，才能顺利带你回来。’”

特洛盖伊苦笑：

“当时的我完全不明白她说的那些，我担心的是我儿子的灵魂怎么样了。我用力摇晃着她，愤怒地大声质问她：‘你对我儿子的灵魂做了什么？你把他弄到哪里去了？！’

“她举起双手，口气里满是安抚：

“‘我什么也没做。我只是指了指你怀抱的灵魂而已。那个灵魂是自己飞起来的，现在大概在山那边的某个女人的肚子里了吧。’

“当我听说自己生下的灵魂要成为别人的孩子，又震惊又生气。她把手搭在越发愤怒的我的肩膀上，说：

“‘不要生这么大的气，你的灵魂，也并不是你母亲赋予你的，而是某个死去的人的灵魂，到了那个世界把之前的一切都忘记了之后，才住进你母亲的腹中，然后被生下来——这是这个世界的惯例。只是，你的灵魂之子好像在探索和常人不一样的命运呢。’

“接着，她用让人惊讶的亲切眼神看着我，说：

“‘这个世界的灵魂，被一根奇妙的线连在一起。你和你的灵魂之子，总有一天会再相见的。好好期待那天的到来吧。’”

特洛盖伊浅笑，看着唐达说道：

“她是个大咒术师，后来成了我的师父。

“那天晚上，她露宿在山里，在一片漆黑中，发现了失魂落魄的我，就悄悄跟了过去。

“就在我刚睡着的时候，她感觉到好像有一阵风拂过，就像我当时感受到的一样。除此之外，她说看到湖面上有一些灵魂聚集了起来，于是她也变成了灵魂，想要到那个风吹来的世界去。

“她看到了湖里倒置的宫殿，以为那就是风吹来的世界。可是那个世界好像只能看到，不能到达。

“然后，她看到一个闪耀着奇异光环的年轻人来到了我身边，当时我正在湖边。之后，我的灵魂就和那个年轻人一起消失在宫殿里了。

“其他被召唤来的灵魂看到我和年轻人消失在白木宫殿中，死了心，都回去了。可是作为大咒术师的她却担心我会发生什么。

“身处异世界是非常危险的。她犹豫了很久，终于在太阳升起的时候下了决心，顺着那条连接我身体和灵魂的纽带，进入了花的世界。……对于梦中的我来说，时间长得足够生下一个孩子，可是在这个世界，只不过是从拂晓到太阳升起的这段时间。

“在晨光中，这些听起来就像做梦一样不真实。不知为何，我觉得自己好像重生了。至于丈夫住的那个村子，从那之后我再没回去过。

“我丢掉了原来的名字‘托姆卡’，跟着师父翻山越岭。最终，跟随她学习咒术，变成了咒术师特洛盖伊。”

唐达望着特洛盖伊，说：

“‘花之夜’……后来花是不是慢慢长大，最终迎来授粉的时期？”

特洛盖伊挠挠自己的耳后：

“这个啊……你说在给你侄女诊脉的时候，闻到了一股花香？你说到这儿的时候，我想到了那个梦。”

唐达忽地叹了一口气：

“总之，无论如何，为了让卡娅醒来，应该用招魂术对吧？”

在咒术师中，有被金钱收买而施用巫术的用心险恶之人。为了救助那些被抽走了心魂的人，无论是特洛盖伊还是唐达，都曾经用过招魂术。所谓招魂术，就是放飞自己的灵魂，让它去追回别人的灵魂，这种巫术十分危险。

特洛盖伊目不转睛地看着自己的爱徒：

“那可不像说起来那么简单。即使是对我的师父来说，那个花的世界也是一个未知的世界。师父说过，那是个进去容易出来难的世界，就像旋涡的底部。

“而且，如果让别人也去体验我亲身经历的事情，这对那些睡在花的世界里的灵魂来说，做的真的是梦寐以求的梦。

“明白了吧？那种睡眠，用一种无法抗拒的美好梦境来捕获人心。沉睡在那里的灵魂们，并不是不能回来，而是不想回来。

“如果‘花之夜’已经到来的话，那现在就是那个世界的‘全盛期’——力量最强大的时期。如果在这时候有个灵魂偷偷潜入，把正在美梦中的灵魂带出来，那真是太危险了。可能会被困住，再也回不来了。明白了吧？”

唐达点头道：

“我知道最好是等卡娅自己醒来，可是如果在我袖手旁观的时候卡娅死了，我会无法忍受。我想在接下来的几天里试一试。”

特洛盖伊哼了一声：

“你小子和巴尔萨还真是像。只要认定是必须做的，就把自己放到第二位了。”

接着，她目光炯炯地说：

“但是，你和巴尔萨也有全然不同的地方，你注意到了吗？那家伙非常消极冷漠，总是把自己的人生定格在现在。因为对未来不抱幻想，所以在奋不顾身的瞬间，决心会不一样。

“可是你不一样，你对未来是有梦想的。你想快乐地度过未来的人生对吧？对于你来说，奋不顾身就是因为有必须这样做的信念。”

“所以到了真正的关键时刻，就不能下定决心……是这意思对吧？”

“不是。”特洛盖伊笑了，“你一定会为了自己的信念去赴死。你小子就是这么个傻瓜。但是，那样的死法，会有点不痛快吧——在临死的瞬间，眼前浮现今后可能会有的未来……我只是不想让你那样去死。”

唐达皱皱眉，苦笑道：“师父别说啦，不吉利。”

特洛盖伊“咣当”一声把碗放到地板上，就那么坐着伸出手，把火炉旁边烤暖的被子拉过来，说道：“总之，明天先去看看你侄女的情况，再决定要不要用招魂术。”

就在特洛盖伊和唐达谈论的时候，巴尔萨和尤格诺正在山中露宿。虽然是刮着大风的夜里，但是习惯于流浪的两人发现一块岩石可以挡风，就点起篝火畅谈起来。

尤格诺是一个流浪艺人，知道很多故事，的确是个让人快乐的伙伴。因为在夜里，声音可以传得很远，所以这样小声吟唱，反而给故事提供了一种很好的气氛。尤格诺唱完那个很久很久以前消失的古国的故事之后，巴尔萨问道：

“这个故事是谁教你的啊？你们也是有师父的吧？”

尤格诺用竹筒舀起水，润了润喉咙，用力擦了擦嘴唇，然后说道：

“对，有的艺人有师父，但我是在流浪的过程中遇到流浪艺人，和他们互相交换故事。要是到国境那边去流浪的话，遇到的就不只是约格人了，还有坎巴尔人和桑加尔人。你会用三种语言，我们也经常夹杂着三种语言交谈。”

“怪不得。这么说来，我遇到过的很多流浪艺人的确都能说三种语言。”

尤格诺大口吃着用树枝穿起来的烤熟的坚果小饼，吃完后在膝盖上擦了擦手，捋了捋有点儿长的胡子，说：

“就这样，我们相互讲故事的时候，总会有很有意思的事，比如说，在相距甚远的国家里，竟然有非常相似的传说。”

尤格诺抬头仰望星空——风吹散了天空中的云朵，一轮弯月时隐时现，月光朦胧。

“我常常会想，你知道有一种绒毛会飞起来的花吧。故事就像那种绒毛一样，轻飘飘地飞上天空，在很多地方绽放。”

巴尔萨微微一笑：“这么说来，你就是让绒毛远远高飞的风啊。”

尤格诺爽朗大笑：“就是这样！”

然后，他好像突然想起了什么似的，看着巴尔萨，说：

“我不只是让花在各种地方开放，也在超越自己的身份来让花开放。因为我是‘说唱手尤格诺’，还是相当有名气的。大概就在七天前，我还用我的歌宽慰了大王妃呢。”

巴尔萨吃惊地盯着尤格诺，说道：

“啊？！我以为一般的平民百姓是不可能接触到这个国家的王族的呢。”

“像我们这样的流浪歌手和舞者是不一样的，我们还有身份之外的东西。我们这些流浪歌手所唱的歌被称为福音，有给人们带来幸运的力量。”

“哦哦，原来如此啊。所以在新年和节日的时候就会被邀请？”

“是的。话说到这儿，听说大王妃自从太子仙逝之后，已经在附近的山之离宫隐居了一年的时间。于是，人们为了宽慰大王妃举办了一个宴会，并让我在宴会上为她咏唱可以平稳情绪的故事。那个宴会真是盛大啊！新太子殿下啊，圣导师啊，贵族啊，全都聚集到了一起。在身份如此之高的贵族面前歌唱，是我人生的第一次，大概也是最后一次了。”

当听到新太子时，巴尔萨的胸口一阵疼痛。因一段奇缘而相遇，又不得不分开的少年的面容浮现在她脑海里。

那个少年——查格姆，当时还是二王子，因精灵的卵寄宿在体内而被父皇追捕，巴尔萨、唐达和他一起度过了半年以上的流亡生活。

经历过很多事之后，查格姆在去年夏天回到了皇宫。由于大王妃的儿子、太子萨格姆过世，二王妃的儿子查格姆成为太子，并将继承皇位。

要是萨格姆太子没有死的话，那个孩子现在应该还在我身边吧……

即使到了现在，只要这样的想法掠过心头，巴尔萨就觉得难受。

尤格诺没有注意到巴尔萨的表情，仍旧一个人喋喋不休地说着：

"当然，虽然是在山之离宫唱歌，可我是站在中庭，大王妃一直在里间珠帘的后面，所以连影子都没看到。"

窃笑的尤格诺突然注意到了巴尔萨的表情，问道：

"我把那时候唱的歌给你唱一遍怎么样？"

从沉思中醒来的巴尔萨点点头。于是，尤格诺很开心地唱了起来。

那是一首情歌。不知道为什么，巴尔萨却在温柔明朗的旋律中感受到了一种莫名的悲伤，听着听着就难过起来。

眼睛里浮现出查格姆的脸庞——分别时满是忧伤的脸庞，巴尔萨胸口一阵疼痛。

要是自己是那个孩子的亲生母亲的话，要是生来就是那样的命运的话，那一定会有更加丰富、更加幸福的人生……

即使再祈望也无能为力——这样的想法，伴随着歌声的旋律在心中徘徊悱恻。

歌声终于停止了，巴尔萨深吸一口气，感觉到自己努力想让那首歌的余韵在心里消失。

她想尽快地消除那无法控制的空虚——仿佛胸口一下子裂开一个口子一般的空虚。

巴尔萨用手拭去额头的汗水，静静地看着尤格诺。

尤格诺注意到了巴尔萨的目光，扬起眉毛问她：

“怎么了？你不喜欢吗？”

“没有没有，这是一首非常优美的歌。”

巴尔萨斟酌词句，深思了一会儿说道：

“怎么说呢……这是一首让人深深回忆起过去、那些遗失的过去的歌。我感受到了一种痛苦，明知无法得到，却仍深深眷恋的痛苦。这歌声对于失去儿子的大王妃来说，会不会有些残酷？”

尤格诺吃惊地反问：“残酷？”

“是啊，这样的歌，难道不会让大王妃想起她的儿子吗？而且，虽说思念，可是已经死去的儿子再也不能回来了。让人想起那些明明深爱却再也无法回到从前的事，不残酷吗？”

尤格诺像鸟一样歪了歪脑袋，说：

“是吗？我觉得，即使只是暂时的，只要可以再次回味那些快乐的时光，就是一种幸福。其实，就在今年春天，当我四处唱这首歌的时候，大家都说有一种让人流泪的感觉……现在，肯定有很多人庆幸能听到这首歌。”

巴尔萨看着尤格诺那满脸笑意、明净澄澈的脸庞，不想再坚持自己的反对意见。

“是吗？要是那样的话，真的是一首好歌。可能因为我不太懂风流雅韵，理解不了吧。”

尤格诺的确像个艺人，一副完全没有泄气的样子：“那就再唱一首明快的歌吧。”只是在巴尔萨的内心，刚才那首歌的忧伤旋律韵音犹在，久久无法消除。

4

没有出口的房间

关于大王妃患上了一种怪病的传言，秘密而快速地在“扇上”地区扩散。

新约格王国的都城光扇京位于青弓川和鸟鸣川中间的扇形谷底。拿扇子打比方，扇柄部分，也就是最北方，是国王居住的宫殿，它的西南方是三个王妃居住的一宫、二宫、三宫。这四个宫殿正式的名称是约格宫，但是人们习惯称它们为“扇上”。

位于“扇上”和贵族居住的“扇中”之间的，是这个国家宗教和学问的中心——星宫。“扇子”的下方——最南方的“扇下”，是庶民生活的区域。

在这个国家，为国王生下长子——太子的妃子，被称为大王妃。可是，大约在一年前，大王妃最钟爱的儿子——太子萨格姆因病去世。自那以后，因为无法治愈哀伤，大王妃隐居在山之离宫。据说大王妃已经足足睡了七天，一直没有醒过来。

传闻在这个国家里，如果直接和王族人对视，眼睛会看不见东西。因为王族人都是神的子孙，所以他们的眼睛里都有一种神奇的力量。人们深信，那种力量就像水往低处流那样自然存在着，没有承受能力的人要是接触到那种力量，肯定会受伤。正因为如此，王族有人生病是一个十分令人恐惧的消息——这是这个国家守护神的力量变弱的信号。

不过，对于在第二宫尽头的房间里发愤学习的少年来说，这也算是点缀乏味生活的一个“事件”。

这个少年——十三岁的太子查格姆，从他的父皇那里遗传了棱角分明的眉毛和高挺的鼻梁，从他的母亲二王妃那里遗传了灵活乌黑的双眼。

因为大王妃的儿子，也就是自己同父异母的兄长萨格姆太子去世，查格姆成了太子。但这对于他来说，绝对算不上什么幸运的事。对这个敏感的少年来说，成为太子，并最终成为国王，就等同于被诅咒。

他面前的大桌子上，放着一张这个国家的地图和一张画在薄布上的星宿图。午后的阳光透过敞开的窗子照进来。这间房子在宫殿的三层，因为窗子下面有一条深深的沟渠，所以在屋里能听到的，只有外面鸟的叫声和树林沙沙作响的声音。

在一片寂静中，只有查格姆和负责教育的年轻观星博士的问答声在回响。

“据说，‘天道’从千年之前——我们的祖先在这片大陆上建造古约鲁萨王国的时代开始，就一直传承下来。但是，经过了一千多年，就真的完全没有一点改变吗？”

对于查格姆的这个问题，观星博士用安静通透的声音回答道：

“我们约格人的天神用‘天道’主宰、掌控着这个世界。约格人对于天神的信仰，千年以来完全没有改变过。也就是说，根基没有改变过。

“只是，因为如何解读‘天道’的技术在不断进步，所以这方面的知识也在不断累积。

“比如说，我们的祖先从原先的故土约格王国来到这个绿意盎然、美丽富饶的拿约洛半岛，拥有振兴新约格王国力量的大圣导师纳纳伊在这里开创了观星博士制度。在那之前，主持‘天道’祭典的神官只能是拥有四大家族血脉的人，而且，他们的职位代代相传。但纳纳伊却不问出身，把那些聪明伶俐的少年集中起来，给他们进行星象测试，观察他们的可塑性，培养他们成为新的神官，这给‘天道’吹来了一股新风。

“如果通过了见习、博士阶段，并且知识才能出众、心性正当的话，就算是平民子弟也可以成为受人尊崇的圣导师。创造这个制度的

正是纳纳伊。如果没有被他发现并培养的话，作为一个贫苦渔夫的儿子，我现在还在湖里摇船呢。”

“您是一个天才，就像是纳纳伊的轮回转世，而且您还拥有胆识。给您提供推动国家改革机会的纳纳伊，真是个杰出的人物。”

说完，查格姆语气平淡地补充：

“那么，按照纳纳伊的想法，国王也可以从那些没有皇室血统的优秀人才中选拔了？”

听到这里，观星博士的脸色一下子阴沉了下来：

“殿下！”

“别担心，修加，因为我把你当成自己人，所以才对你说出了心里话。”

被叫作修加的观星博士示意太子小点儿声。

修加能够深刻地理解太子的心情。这个少年大概算是王族千百年历史中经历最奇特的一位太子了。

一年半前，和萨古重叠的那个叫作纳由古的异世界里的水精灵把卵产在了当时还是二王子的查格姆体内。

本应拥有神圣血统的王子，体内却寄宿着精灵的卵——国王知道这件事后，即使他是查格姆的父亲，还是下令追杀自己的儿子。

查格姆在被追杀的时候，偶然得到了女保镖巴尔萨以及她青梅竹马的好朋友、草药师唐达，还有咒术师特洛盖伊的帮助。

那个时候给予他帮助的还有一个人，就是修加。事件发生的时候，修加虽然还只是个二十岁的年轻人，但已经是圣导师的得力助手了。正因为这样的身份，他熟知星宫和皇宫中政治的黑暗与肮脏。

只是，这个事件还给修加带来了意想不到的收获，那就是学到了以前完全没有接触过的知识——亚库族的咒术师特洛盖伊教他应该怎样看待这个世界。

在一心想要出人头地、总有一天要成为圣导师的修加的内心深处，还隐藏着深深的迷惑。

为了防止万一被别人偷听到，修加用尽可能低的声音说道：

“我理解殿下的心情。对于殿下来说，这个皇宫就像一个黑暗陈腐、密不透风的箱子，于是就想一下子把这个陈腐的箱子彻底推翻。殿下被‘把所有一切都推翻，让这个皇宫刮起一股清新之风’这一想法所吸引，诚然，这确实有它的必要之处。但是殿下，请把这种想法藏在心里。大圣导师纳纳伊所进行的改革，确实在引领星宫朝好的方向前进。然而，所谓组织，一旦形成规模，其中就会有难以辨别的纷争。因此，本应吹拂清新之风的箱子里，空气又会开始浑浊。”

查格姆用强硬的口吻反击道：

“空气开始浑浊的话，就再把风口打开好了！”

修加苦笑道：

“殿下，如此坦率展示自己心境的话，以后只能在我面前说说。坦率对于太子来说，是不应该有的态度。”

虽然查格姆脸上露出了不满的表情，但是修加完全不在乎，继续说道：

“最近到处都能听到这样的传言——前几天你给国王选中的长刀

挑出了毛病。”

“我并不是挑刀的毛病。只是父皇在问我的意见，我才把心里想的都说了出来。”

国王喜欢漂亮的长刀，收集了很多。前几天来了一个刀剑商，拿着一柄装饰华美的长刀。当那柄刀被拿到国王面前的时候，查格姆就在旁边，国王正在询问他的学习情况。

那真是一柄漂亮的长刀——刀柄、刀鞘都涂上了漂亮的漆，并镶嵌了黄金和螺钿。然而不知道为什么，当国王把刀从刀鞘中拔出来的时候，查格姆感到了强烈的失望。查格姆把这种感觉真实地告诉了国王：

“我认为这是一柄宝贵且装饰非常华美的长刀。然而，这样一把以攻击对方为目的的平刃刀，却连放血的纹路都没有，在实战的时候是无法起作用的。当刺中的伤口和长刀吸附在一起的时候，就没有办法把刀拔出来了。”

当时国王倒是点头说“确实如此”，可是查格姆并没有注意到国王脸上的不悦。

“父皇为什么会感到不悦呢？要是买了那样的刀，会被人嘲笑的。”查格姆说。

修加静静地看着查格姆，说：

“殿下，国王不是普通的人。要是国王必须亲自带刀上阵，那就到了这个国家快要灭亡的时候了。即使国王不知道实战时所用的刀该是什么样的，也没什么。负责判断一把刀的好坏、给国王提供建议，是国王周围的武官的工作。

“平民的灵魂就像包裹着一层白色的棉那样纯洁。对于约格人来说，他们把国王当作这个国家的灵魂来仰视。有这样的国王的国度，是纯洁的、值得骄傲的。国王不会轻易把杀人这样血腥的话挂在嘴边。”

查格姆的眼睛里浮现出凌厉的光，问道：

“在那么纯洁的面庞下，即使是在考虑暗杀自己的儿子这样血腥的事，也会被认为是纯洁的？”

“是的。只要不被外人发觉……”

查格姆沉默了片刻，思考着话里的意思，然后摇了摇头：

“你刚刚说的那些，我很明白。但是，我不想成为那样的国王！与其说是不想，不如说是不能。我曾经完完全全地和平民一起生活过。对于我来说，一说到国家，脑子里浮现的，就是他们每一个人凌乱生活的集合。我却对此无能为力。

“我不能，也不想像父皇那样，像历代的国王那样，完全不知道外面的世界，只生活在不真实的梦中。”

修加感觉到了一种危险，这位有着敏锐知性的太子身上的危险。因为这种知性和为别人着想的感性，对于将来会成为国王的太子来说，是会招致自身毁灭的弱点……只是，如果能把这种感性和知性由弱点变为武器，那么这位太子就会像纳纳伊那样，终有一天，改变这个国家。

修加静静地说：

“即使不能，也必须去做。即使你颠覆了一切，只要你还拥有主宰这个国家的力量和智慧——我相信会有这一天。”

这些话猛烈地敲击着查格姆的心。查格姆叹了一口气，轻轻地笑道：

“你还真是会见缝插针啊。不过，你说的那些，我都铭记在心了。”

窗外随风飘进来一股盛开的斯拉雅的花香。查格姆深吸一口气，陶醉在花香中。

“花香真是奇怪的东西。你不觉得花香有一种引人回忆的奇妙力量吗？一闻到这种花香，我就会想起山之离宫。在那儿的庭院里，有一棵古老的斯拉雅树。”

说着，查格姆突然看着修加说：

“对了，听说今天早上关于大王妃的病情有了最新消息。”

修加叹了口气：

“殿下，现在不是闲聊的时候。”

查格姆微笑道：

“别这么严肃嘛。也就是和你说话的时候，我才能轻松一点儿。大王妃到底怎么样了，快点告诉我吧。”

修加稍稍犹豫了一下，还是开了口：

“听说大王妃已经长睡七日没有醒来了。”

查格姆往前探了探身子，问：

“有这样的病吗？或者，是不是诅咒啊？”

“我也听说过长睡不醒的病。大王妃背负着心灵深处无法治愈的创伤，因此离开皇宫，去了山之离宫。也许正是因为这种心病，她才会长睡不醒。只是……”

修加压低了声音说：

“这可是绝密。事实上，长睡不醒的，并不是只有大王妃一个人。”

“什么？”

“殿下，我接下来说的话，您要发誓不会告诉其他人。”

“我发誓！”

修加小声说：

“事实上，我每个月去‘扇下’见一次特洛盖伊。”

查格姆睁大了眼睛问：“真的？！”

“真的。一年前，就在那件事发生后，我和特洛盖伊约定，我教她‘天道’，她教我咒术。当然，这件事如果走漏风声被星宫知道的话，我会被逐出师门，那样肯定会有人幸灾乐祸。”

修加轻轻笑道：

“总之，这确实是一种秘密进行的知识交换。”

突然，修加觉得自己大概和这个太子是同类，大概也正背负着和他同样的危险。

查格姆紧握修加的手，迫不及待地问：

“特洛盖伊还好吗？是不是说话还是那么苛刻？”

“好着呢，完全不像七十多岁的老婆婆。”

“那巴尔萨呢？唐达呢？他们还好吗？”

“这次没有见到巴尔萨，但是唐达挺好的。”

查格姆差点流出眼泪，慌忙闭上了眼睛。

体谅到这个少年的心情，修加淡然地接着说：

“我是前天见到特洛盖伊的时候听她说起的。据说在青雾山脉的一个村子里，也有一个女孩和大王妃一样，一直睡着没有醒来。要是这样的情况不断扩大的话就麻烦了，我想，应该再去见一次特洛盖伊，和她商量一下。”

查格姆睁开眼睛，静静地盯着修加：

“修加，拜托了。请把我下面说的话带给他们。”

修加深深地感受到了查格姆的心情。突然，一种强烈的悔意弥漫在他的胸口——太草率了，不应该对太子说这些的。

查格姆把这样的人生——作为太子的人生，看成一个没有窗子、没有出口的屋子里的一生。而现在，修加为他打开了一个可以看到外面世界的窗口。只是，虽然能够一直看到外面的世界，却永远没有一扇可以走出去的门。

就在得知修加秘密和特洛盖伊见面的那天晚上，查格姆怎么也无法入睡，各种各样的回忆都涌了上来：佩枪的巴尔萨的英姿，那双温暖干燥而又健壮的手，直击人心的低沉的声音，在那个被大雪覆盖的山中洞穴里，巴尔萨对他诉说的关于她可怜身世的故事；唐达那沉着的声音；美味的野菜火锅；在那个山风从门缝吹进来的简陋屋子里，他和巴尔萨、特洛盖伊、唐达一起生活的令人怀念的日子……

巴尔萨和唐达怎么样了？他们还顺利吗？特洛盖伊说她没有见到巴尔萨，那巴尔萨是不是在一个很遥远的地方当保镖呢？

查格姆想到这儿，不由得一笑：

就连年幼的我都明显感觉到他们两个相互牵肠挂肚，可那两个家伙，真是不会表达啊。

笑着笑着，眼泪突然从查格姆脸上流下来。

啊，我想见他们！

一想到再也不能见到曾经像家人一样一起生活的他们，查格姆就觉得胸口快要爆炸了。一年过去了，那种悲伤的心情一点点地减弱，快要消失了。可是今天修加的话，又一次揭开了他的伤口。

我根本不想做什么国王！

国王根本不是普通人，一旦做了国王，周围的人，谁都不会再把你当一个普通人来交往。那种能亲密、推心置腹谈话的交情，将会成为不可企及的奢望。

在查格姆的心底，有一种深深的绝望。好不容易能控制住这种绝望的，就是作为精灵守护者时，看到的纳由古那清澈寂静的水底风景。

看到了什么呢？那是一种无法用语言表达的风景。但是，这种无法表达的感觉，一直支撑着查格姆。

只是，今晚，那种想法占据了查格姆的心灵，那种无处可逃的痛苦无法得到解脱。

查格姆一点点低落下去的心里，突然浮现出一首歌的曲调。那美妙的曲调轻飘飘的，隐藏着无限忧伤。那是前几天在为大王妃安抚灵魂的宴会上听到的曲调。

那曲调让自己无法触及的憧憬在忧伤中恢复。真想逃离这种苦闷的黑暗，去感受和巴尔萨他们一起流浪时山里的微风。多想能够放飞灵魂，朝那段时光飞去……

渐入梦乡的时候，查格姆感觉到，耳旁萦绕的歌曲旋律变成了不知是谁的优美的呼唤声。

查格姆回头朝声音传来的方向看去。这时，他看到了在远方，有一束柔和的、令人依恋的灯光。查格姆感到那束光落到了自己身上。同时，他感觉自己被一股不知道是什么花的香气温柔地包围。

“不要！”

巴尔萨听见睡在自己旁边的尤格诺嘟嘟囔囔地说着梦话。

“停下来！停下来啊！”

尤格诺突然用力吸了一口气，好像有什么扼住他的喉咙一样，痛苦地呻吟着。

巴尔萨起身，透过拂晓的黑暗，看了看尤格诺。尤格诺好像要拂去谁的手，揪着喉咙。

“尤格诺！尤格诺！你没事吧？”

巴尔萨抓住尤格诺的肩膀摇晃着他，尤格诺的身子向后仰去。他“呼”地喘了一口气，总算睁开了眼睛，一边喘着粗气，一边用好像什么都看不见的眼神，呆呆地盯着黑暗的地方，颤抖着。

“没事吧？是不是做噩梦了啊？”

尤格诺回头看着巴尔萨，擦着汗说：

“啊？什么啊！吓了我一跳。”

巴尔萨苦笑着盯着尤格诺：

“吓了一跳的是我。你做了什么噩梦啊？”

“是一个经常做的梦。一直是美梦啊，为什么突然就变成那么可怕的梦了呢？”

尤格诺用恐惧的眼神看着巴尔萨说：

“这样一来，估计我也睡不着了。巴尔萨，你能拉一下我的手吗？”

“什么？”

巴尔萨目瞪口呆地看着尤格诺。因恐惧而颤抖的尤格诺好像更年轻了——看起来就像一个少年。那绝对不是已经五十二岁的成年人的表情，那也不像是因为怕黑而不敢出门去小便、难为情地让妈妈带着去一般的孩子的目光，却像是拜托姐姐带着去的少年的目光。

这个人是不是不光外表，可能连心智都还没有长大啊？巴尔萨突然这么想，却没想去拉他的手。

“开什么玩笑啊。”巴尔萨挥挥手，“我还得再睡会儿呢。你也最好再睡会儿吧。没事的，不会再做噩梦的。”

失望地看着“骨碌”一下就躺下的巴尔萨，尤格诺叹了口气说：

“真是冷漠啊。我可能还会第二次，甚至会一直做噩梦的。这下麻烦了！怎么办啊……”

尤格诺一直在自言自语，并试着抬高声音继续唠叨，但是巴尔萨完全没有想搭理他的意思。

尤格诺又叹了口气，紧锁双眉，陷入了深思。过了一会儿，他好像想起了什么似的，“咔嚓咔嚓”地打开当作枕头的行李，拿出食指长短的剃须刀，他用毛巾把它绑在前额上不让它掉下来，然后又躺了下来——为了不让恶魔在梦中抓走自己的灵魂，他照葫芦画瓢地学着以前自己生病时母亲的做法。闭上眼睛许久，还是因为害怕睡不着，但是听着巴尔萨微弱的呼吸声，终于他也迷迷糊糊地睡着了，没有再做梦。

第二章

守花人

花在水中盛开。向四方延伸的花根上面，支撑着的是一条壮硕的花茎，从它开始，花茎像树枝那样向四面八方延伸着，枝叶繁茂，在比唐达还高的花茎的末梢，许多花萼簇成一团盛开着。其中格外醒目的是，在最硕壮的那根花茎前端摇曳着的巨大花萼——那大概是能结果的花萼吧。无论是大花萼还是小花萼，都像紫斑风铃草那样紧闭着，温暖的光亮闪烁其中。

那光亮倒映在水里，美不可言。

咒术与观星术

在平民居住的“扇下”地区，一个装卸货物的码头旁边，有一家规模很小却商品齐全的店——“万全屋”，招牌下面，摆放着琐碎的杂货。这是一家由一对年轻夫妇经营的小店。人们都说，如果客人在这家店找不到想买的东西，年轻的店主就会不厌其烦地找遍“扇下”地区，像变魔法似的把客人需要的东西找出来。

年轻的老板娘是个大美人，于是经常会有客人担心地问：“让这么漂亮的老板娘一个人守店，难道不叫人担心吗？要是让那些坏家伙盯上的话就麻烦了。”每当听到这种话的时候，年轻夫妇就会笑着回答：“谢谢您挂念了。”——事实上，他们完全没有必要担心。因为那些坏人都知道，这对叫托亚和萨娅的年轻夫妇有一个人称“长枪手巴尔萨”的朋友，她的一身好本事令人生畏。在去年那次水精灵事件中，巴尔萨得到过当时还在桥下度日的乞丐托亚和萨娅的帮助，为了报恩，巴尔萨每次到“扇下”，都会顺便来拜访这对年轻的夫妇。

然而，在这背后还有一个广为流传的故事——由于巴尔萨的关系，那个传说中当代至高无上的咒术师特洛盖伊经常出现在这家店里。据说，这个咒术师只要心情不好，就会把人变成乌龟，因此在这个城镇里，没有一个坏蛋胆敢觊觎这家店。

今天也是，就在黎明前，万物笼罩在晨雾中的时候，一个长手长脚的丑婆婆出现在小店后面。老婆婆敲了两下后面的门，门突然打开，老婆婆很快消失在店里。过了一小会儿，又出现了一个商人模样的年轻人。同样，他也像老婆婆那样敲了敲门，就进到店里去了。

托亚看到平时一贯稳重的年轻人的脸色都变了，非常吃惊。

“师父在吗？”

“好像在呢。”

年轻人连托亚这么简短的回答都没来得及听，就拉下了从天井垂下来的绳子。“当”的一声，天井的一部分打开，探下来一个小梯子。从外面看这家小店只有一层，事实上，在招牌和房顶的中间地带还有一个秘密的空间。

看着顺着梯子爬上来的年轻人，老婆婆皱了皱眉头问道：

“怎么了？没被人发现吧？”

年轻人修加摇了摇头，答道：

“特洛盖伊大师，大事不好了。”

“静一静，好好说话！这都不像你了。”

“殿下，就是太子殿下，和大王妃一样，醒不过来了。”

特洛盖伊微闭的眼睛突然睁大：

“什么？！从什么时候开始的？”

“从昨天早上开始就一直没醒过来。”

修加用完全没有血色的冰冷的手掌捂住脸颊，接着说：

“那天，我把咱们偷偷见面的事告诉了殿下。是我太疏忽了……”

修加慢慢地把手从脸上拿下来，看着特洛盖伊说：

“大师，您曾经说过，人们陷入梦境中，是因为觉得梦是一种幸福。反过来说，那些觉得还是梦中更幸福的人就不会回来了。殿下觉得现在的生活，还有以后的生活，都是没有希望的。他觉得自己被困在了一个黑暗污浊的箱子里，可是我却残酷地为他打开了一扇可以看到外面的窗子——一扇只能往外看，却永远无法出去的窗子。”

许久，特洛盖伊沉默地看着这个年轻的观星博士，终于小声开口道：

“其实你自己也是明白的，只不过这些话从别人嘴里说出来你会觉得好受些。”

特洛盖伊叹了口气，接着说：

“查格姆曾经在宫外生活过也好，他留恋那种生活也好，再也无法回到那种生活也好，还是最终成为国王也好，这些都不是你的责任，这些都超越了人的力量。所以，为了逃离那样的生活而选择留在梦中的，是查格姆自己。明白了吧，这些都不是你的责任，别再无端自责了。”

修加一动不动，一直沉默着。特洛盖伊拍了拍他的肩，说：

“话虽这么说，但是也不能袖手旁观，眼看着查格姆这样死去。”

“这样睡多久会死呢？”

“按照常理来说，即使能喝水，但是没有进食的话，可以活十天左右。可奇怪的是，唐达和我诊察的那个小女孩虽然日渐衰弱，但是衰弱得很慢。她虽然已经持续睡了五天，却看不出一点虚弱的样子。虽然脉搏也在渐渐变慢，却很清晰。大概和通常的昏迷不一样吧。”

“对对，给大王妃诊脉的圣导师也是这么说的。”

“不过，即使昏迷二十天还没死，也和死没什么区别了。或者，还是该狠狠心用招魂术？”

特洛盖伊自言自语似的小声说完之后，突然抬起头来说：

“对了对了，因为查格姆的事太让人吃惊而差点忘了，我还有事想和你说呢。你曾经说过，在‘天道’中，星星和人的命运之间是有联系的，对吧？”

“是，但是这种联系很复杂……”

“这个我明白。不过，如果星星和人之间有什么联系的话，那么现在，大王妃和查格姆的星星之间应该有什么共通之处吧？”

“我认为有这种可能……”

“那如果你充分利用‘天道’的技能，围绕这一点探究的话，会怎样呢？如果把我们的咒术知识和你的‘天道’重合起来，就像把两幅水印画重叠起来那样，可能会创造出从来没有人发觉的新画。”

“……可能会是这样，只是救太子已经没有什么时间了，这样做起不了什么作用。”

修加注意到特洛盖伊在暗笑，就瞪着她问道：

“笑什么啊？难道我说错了？”

“没有，我只是觉得你年轻得可爱。试着退一步，想想现在的状况吧。无论你多着急，‘天道’根本救不了查格姆。你现在能做的，只是交给我们，然后耐心等待。”

修加皱着眉，目不转睛地看着特洛盖伊，特洛盖伊开导似的说：

“虽然等待是很痛苦的，可现在也只能做力所能及的事情了。你冷静一下，再想一想我说的话吧。我师父经常说，眼前派不上用场的东西，并不一定就是无用的。”

唐达每天都到长睡不醒的卡娅身边。特洛盖伊也来过一次，给卡娅施行了一体诊，也确定了唐达所说的，卡娅是被招走了魂魄。但仔细观察之后，她不想尝试招魂术。

唐达的哥哥见特洛盖伊什么都没做就离开了，感到气愤，向唐达抱怨说：“出名的特洛盖伊也不过如此。”虽然知道哥哥是个急性子，可是哥哥的怨言也说出了唐达内心的疑问。他怎么也理解不了特洛盖伊这次表现出来的不同寻常的慎重。

特洛盖伊是一个敢于大胆使用咒术的咒术师。首先深入危险之中，然后再用力量解决问题，这才是她以往的做事风格。

“为什么这次要这么慎重呢？”

当然他也明白，这次的情况与以往的“施咒”和“摄魂”不一样，这次发生的事情里有太多弄不清楚的因素。可是话虽如此，光这么等着，也解决不了问题啊。

钻过大门，一进到家里，唐达就闻到一股烟熏火燎的燃烧稻草的气味。等眼睛适应了之后，他看到卡娅一个人孤零零地躺在昏暗的炉火边的被褥里。从黎明一直忙到日落的哥哥自不必说，每天忙于照顾孩子和干农活的嫂嫂以及其他的亲人，也没有时间整天照顾卡娅。

唐达弯下腰来看着卡娅的睡容，她的脸上依旧浮现着幸福的笑容，只是脸颊好像又瘦了一圈儿。

她的身体开始衰弱了……唐达心想。

唐达轻轻地拿起卡娅的手。那是一双冰冷干燥的手，小小的手掌满是皲裂，摸起来很粗糙。以前卡娅看着自己的手掌说的话，又回响在唐达耳边："有时候我会变得特别奇怪，我就想啊，一两年后，这双手就要抱着个小婴儿了；再过十五年，那个婴儿又要嫁人了，很快又会抱着她的孩子了。想到这样的未来，有时候会觉得非常空虚……"

卡娅那个时候的想法一定和特洛盖伊当年的想法很接近。

农民的女儿到了这个年纪，就大概能看到她此后的一生了——因此，有的姑娘会觉得无法忍受，觉得空虚。

唐达十分理解卡娅的心情，因为唐达小时候也和其他孩子不太一样。

他十分明白，家人深深地爱着自己。可另一层面，他可以看到悠然自得聊天的老妇人脸上有死亡的阴影，可以看到别人都看不到的鸟儿在傍晚的天空中自由飞翔，他知道父母觉得这样的儿子很可怕，也知道兄弟们都看不起他。

八岁那年，唐达看到一只闪耀着淡淡光芒的飞舞的鸟，于是就追随着那只像梦一样的鸟进了山里。那只鸟缓缓地穿过树林，最后落在一片小小的草地上。那片草地上有一间简陋的房子，唐达一直静静地注视着那只鸟消失在烟囱里。

突然，小屋的门打开了，从里面走出来一个肤色黝黑的女人，那是唐达平生见过的最丑陋的女人。那个女人一下子就看到躲在草丛里屏住呼吸的唐达，开口叫道：“小鬼，还不出来！”

唐达并不是胆小的孩子，于是就照她说的走出草丛，朝那个向他招手的女人走过去。

“为什么这么晚还来这里？”

唐达如实回答，说他是追随着那只奇怪的鸟过来的。听到唐达的回答，女人脸上浮现出意味深长的表情。

“你能看到那只鸟？那是我放出去的。”

哥哥们都说没有那样一只鸟，说唐达是疯了才会这么说。一直被哥哥们当作白痴的唐达知道这一切并不是自己的幻觉，觉得非常开心：“为什么要放那只鸟呢？你是怎么做到的？”

“你觉得我是怎么做到的？”

被反问的唐达直率地把自己的想法说了出来：

“难道不是在寻找灵魂吗？！”

女人的眼睛里泛起惊喜的光，问他：

“你怎么会这么想呢？”

“我昨天也看到那只小鸟了，它在鸟鸣川的夜啼渊飞了几圈儿之后就‘嗖’的一下消失在河里了，那只鸟肯定是去寻找西村走失的小孩了。”

“啊，对了，那孩子的灵魂被河精灵诺乌诺给招走了。要是早点儿让我知道的话，还能救他……现在他已经失去‘生命’，去了那个世界，已经救不回来了。”

女人说完，盯着唐达，微微一笑说：

“我的鸟没能招回那个孩子的灵魂，却好像把别的灵魂带过来了。”

这时，唐达第一次感到惊恐，问道：“你……是山里的怪物吗？”

女人皱起眉头：

“傻瓜，没有什么怪物。你听说过‘山之女’吗？”

“‘山之女’是什么？她会吃人吗？”

女人看着眼睛里闪着好奇、满脸疑问的唐达，笑道：

“你喜欢这种故事？说不定你能做个不错的咒术师呢。”

这就是唐达和特洛盖伊的初次相遇。

从那以后，只要有时间，唐达就会到特洛盖伊的身边去。父母讨厌儿子这么偷懒，可是又觉得，以后反正也不会把土地分给这个古怪的三儿子，看到他有去处，也就默许了。

在特洛盖伊身边的日子里，唐达认识了一对古怪的坎巴尔父女。一个比自己大两岁、骨瘦如柴的女孩和一个体格健壮、目光锐利的男人，他们寄居在特洛盖伊的小屋。不久之后，唐达得知这两个人并没有血缘关系。他们两个沉默寡言，很少和他说话。看样子，他们两个每天从早到晚都在山里奔跑，有时候也会在家门口的草地上比试武艺，训练格斗技能。

让唐达震惊的是，年仅十岁的女孩被男人举起的长枪刺中额头，现在想起来，那个伤口很浅，可是因为伤口流血很多，女孩的脸转眼就被血染红了。

但是，男人好像没有看到女孩受伤似的，更使劲地戳向女孩。令唐达震撼的是，女孩在擦去流进眼睛里的血之前，先向后跳开，躲过了男人的枪尖。女孩逃进树林里，很长时间都没有出来。当她回来的时候，额头上包着布——她用从袖子上撕下来的布条包住伤口止血。

女孩盯着哑然看着自己的唐达，问他男人的下落："吉格罗呢？"

"刚才一直在磨枪尖，现在往沼泽那边去了。"

女孩点点头向沼泽那边走去，意外地听到唐达说：

"你的伤口不疼吗？"

女孩转过头来简短地回答道：

"疼。"

"那你等一下。"

说完，唐达就跑回特洛盖伊家里，从小药箱里拿出药，把女孩额头上的布解下来，给她涂上药。伤口应该很疼，可是女孩却连眉头都没皱一下，就那样静静地让唐达给她涂药。反倒是涂药的唐达，仿佛自己很疼的样子，皱着眉头。重新给她包扎伤口的时候，女孩微笑着说："谢谢你。"

那个女孩就是巴尔萨。后来，唐达不计其数地给她包扎过伤口，但那次是第一次。

苦笑浮上唐达的唇边：那家伙现在在哪里？在做什么呢？

巴尔萨与唐达和特洛盖伊一样，是自己选择的这条路。并不是她自己想要脱离正常人的生活，早在六岁那年，她便被硬生生地从普通人的生活中拉了出去。她的父母被人杀害，自己被人追杀，时刻面临死亡，在黑暗中度日。指使刺客追杀她和吉格罗的是坎巴尔王。好不容易等到坎巴尔王死了，巴尔萨已经二十一岁了。无论巴尔萨内心多么希望，她也不可能再回到正常的人生，成为一个普通男人的妻子，生儿育女了。

不过事实上，巴尔萨也没有期待过那样的人生。巴尔萨深知浸透在自己骨子里的血的味道，也知道在自己心底，有着对争斗的强烈而丑陋的欲望……

巴尔萨想要活下去，出路只有一个，就是成为一名保镖。养父吉格罗死后，对于巴尔萨来说，特洛盖伊留给唐达的那间简陋的屋子就是自己的“家”。巴尔萨在外面工作之余，会不定期地回来，就像一只回巢修整羽毛的鸟一样，回到唐达的身边，短暂生活一段时间，然后再出发。

巴尔萨话不多，但是回到唐达身边的时候，也会有一搭没一搭地把旅途中的见闻告诉唐达。每当这种时候，唐达会想，很多事情巴尔萨没法跟自己说——巴尔萨的生活和自己的完全不同。

在他们相识的二十年里，发生了很多事情。唐达心里有时也会有强烈的愿望，盼望巴尔萨能留在自己身边。

可是这种激烈的、如夏日阳光般炽热的思念，不知什么时候，变得像初秋的阳光般温和。唐达想，也许这样的方式才是最适合他们的。

话虽如此，就像慢慢晃动的钟摆那样，唐达有时候也会回到那种依恋的心境中。像现在这样，特洛盖伊在家一点点教自己学习咒术的时候，他会淡忘那种感觉，可是当师父飘然出门，剩自己一个人在这个小屋里度日的时候，那种感觉又会回到心里。

唐达慢慢环视着哥哥的家。

六个草垫按就座的顺序摆在火炉旁。整天忙得汗流浃背的哥哥回来后，吃晚饭的时候会坐在这个脏乎乎的、已经凹陷下去的坐垫上休息。以前父亲也是这样。父亲的身边常常会有家人叽叽喳喳说话的声音。对于离开村庄，选择咒术师之路，在一片寂静中听取精灵细语的唐达来说，这大概是一生都不可能再听到的声音了。

唐达摸摸下巴。

时光如水，一眨眼，他已经快到而立之年。就算活得长，剩下的时间也顶多不过四十年，在这四十年里会发生些什么呢？从生到死，究竟能做些什么呢？放弃和家人的天伦之乐，自己又得到了什么？

就在他思考这些的时候，耳边突然响起了师父的话。那是师父在传授招魂术时说的话。

“人是一种一定要有生存理由的奇怪动物。鸟儿也好，野兽也好，飞虫也好，都不会因为生存而烦恼。有时候，就因为烦恼，到最后竟会有人自杀。

“唐达，你认真地听着。所谓招魂，并不单单是追寻与身体脱离的灵魂，而是必须让那些远离生命、迷失方向的灵魂找回记忆，要让它们有一种震动自己的炙热力量，认为自己还活着，要抓住那根连接着身体和灵魂的‘线’……”

这些话，深深地刻在了唐达的心里。

之后，在师父特洛盖伊的引导下，他第一次让自己的灵魂与身体脱离，去窥探纳由古的精灵世界，那是一种令人炫目的惊奇和快乐。

“卡娅……”

唐达轻轻呼唤熟睡的侄女。

“无论是快乐，还是痛苦，都会有很多种。可是这样一直睡下去的话，你会死去的。你还没有对自己的人生绝望到这种地步，对不对？”

感受着卡娅冰冷瘦弱的手腕脉搏的跳动，唐达暗暗下定决心，要自己一个人施用招魂术。

也许会有生命危险，可要是在这种时候都派不上用场，这本领学来又有什么用？正好，师父特洛盖伊去都城见修加了。现在开始准备的话，大概能在被师父阻止之前把卡娅的灵魂追回来。唐达站了起来，急急忙忙回家去取招魂术要用到的咒术工具了。

2

花的陷阱

做好仪式准备工作之后回来，唐达正好听到打水回家的娜卡在拜托邻居，说唐达要尝试一种很难的咒术，所以请他们傍晚之前都不要到她家来。

哥哥诺西尔的家，是一个地道的农舍，用泥糊的墙，房子像个倒扣过来的碗，除了一扇朝南的门之外，连窗户都没有，只有从房顶烟囱里能透进一点点光。泥地上铺着草席，中间放了一个地炉。卡娅就睡在地炉西侧的席子上。

唐达先把家里的门关好，然后在屋子的四个角竖起竹子，用麻绳把四根竹子彼此相连做好“结界”。接着，他盘腿坐在卡娅的枕边，手里握着用芒草穗做的招魂时要用的道具。

招魂的仪式首先由改变咒术师自身的灵魂开始。

唐达紧闭双眼，一边念着咒语一边轻轻地前后摇晃着身体，左右交替，画出了一条舒缓的弧线。

在缓慢晃动的身体里，唐达的灵魂就像被母亲抱在怀里的婴儿那样，惬意地慢慢变圆，最终变成一块温热的玉石。

唐达梦到了一只鸟。玉石呀，变成鸟吧，变成鸟吧。

终于，发热的玉石，渐渐变成了一只长着轻柔羽毛的鸟。

当鸟睁开眼睛的时候，在一片淡淡的黑暗中，看到了一条闪耀着光芒的线。那条光线从沉睡的卡娅的额头延伸出来，一直伸向高处。唐达顺着那条光线，倏地飞了起来，在黑暗中一直追着那条光线。

他回过头一看，看到在自己的下方，自己的灵魂之线也在延伸着。而且，在这条线的根部，闪耀着炫目的光——自己那已经和灵魂分离的身体所握住的咒具，正在释放着光。那束光，应该能成为身体回来时的记号。

在轻快飞翔的时候，唐达发现，还有其他很多条闪着白光的线，都在朝着一个方向延伸。那些线释放着淡淡的光，消失在雾霭之中。唐达跟随着那些线，向雾霭中飞去。

突然，他被一种针刺似的恐惧所包围。在唐达的背后，雾霭已瞬间变成了网。

“糟了！”

感觉掉进了陷阱的唐达，瞬间把自己的灵魂由鸟变成了一把长刀，想要划破那张网。可是，在千钧一发之际，唐达却停住了——因为那张网是由所有被吸引过来的灵魂与生命相连的“线”编织而成的。

“唐达，”唐达听到有人说，“来，到这里来。”

声音发出的地方，有着夜的黑暗。在那片黑暗中，可以看到几束红色的光。

那是在寒冷的黑夜中点亮的灯的颜色，是温暖的地炉里火苗的颜色。从这个高度看下去，那些光聚成几束，在光的正中央，一团格外明亮的光在晃动。

那是花的花萼在发光吗？唐达心想。

看着那柔和温暖的光亮，亲切感油然而生，唐达慢慢把自己的灵魂由刀变回鸟，朝光亮飞了过去。

虽然那个世界还是黑夜，但是在花的光亮下，唐达还是能够看到庭院中矗立着一座恢宏的宫殿。花摇动的时候，在不见人影的宫殿中，白木的回廊和屋顶上，就会有轻轻晃动的影子。站在庭院中的唐达由鸟变回人形，突然惊觉脚下冰冷，低头一看，原来澄澈的泉水已经漫过自己的脚踝。

花在水中盛开。向四方延伸的花根上面，支撑着的是一条壮硕的花茎，从它开始，花茎像树枝那样向四面八方延伸着，枝叶繁茂，在比唐达还高的花茎的末梢，许多花萼簇成一团盛开着。其中格外醒目的是，在最硕壮的那根花茎前端摇曳着的巨大花萼——那大概是能结果的花萼吧。无论是大花萼还是小花萼，都像紫斑风铃草那样紧闭着，温暖的光亮闪烁其中。

那光亮倒映在水里，美不可言。

“很美吧？”

唐达扭过头去寻找声音发出的地方。在中庭四周的回廊里，有一个人影正在朝他招手。唐达朝向他招手的人影那边走去，爬上四级台阶，站在回廊里。

站在那儿的是一个男子，他高高的个子，穿着灰色外套，系着绿色腰带。虽然光亮模糊地照着男子的身体右侧，却看不清他的容貌。与其说是看不清，不如说是唐达想看清他时，他就变模糊了。

“唐达，托姆卡的儿子。”

听到男子这么叫自己，唐达摇摇头说道：

“我被特洛盖伊……你所说的托姆卡养大，但不是和她有血缘关系的儿子。”

男子好像轻轻笑了笑，说：“即使没有血缘关系，只要灵魂相连，你就是她的儿子。”

这些话出乎意料地强烈震撼着唐达的心灵。虽然特洛盖伊并不像一位母亲那样温柔，而是个很强势的女人，可唐达还是从特洛盖伊的某些地方感觉到了母性。

“你是守花人吧？”

男子点点头。唐达平静地说：

“既然你知道我是谁，为什么还用由灵魂编织的网堵住我的去路呢？我并不是来伤害花的，我来这里，只是想把困在花里的灵魂带回原来的身体。”

“这是一个为花而存在的世界。因为花在这里孕育梦境，所以才有了这个世界。而那些梦，它们在花萼里停留，让花结出果实。

“作为回报，花会让人们梦到他们想要的美好梦境。

“这些都是理所应当的。”

唐达的视线穿过男子，看了一眼花，说道：

“是啊。在我出生的那个世界里，花给昆虫提供花蜜，作为回报，虫儿们要把花粉传播出去，使花儿结出果实。这也是理所当然的，只是……”

唐达的目光回到男子身上：

“大多数的花，都不会危害到虫儿的生命。虫儿只是暂时和花联系起来，之后又会回到虫儿的生活中去，直至终老。

“可是在这儿，要是一直被困在花的梦境中的话，那个人就会死去。我可不觉得这是理所当然的事情。”

朦胧中的脸庞上目光一闪。

男子说：

“这不是花的罪，是那个孩子的罪。”

“哪个孩子？”

“就是托姆卡带走的那个婴儿的灵魂，他现在生活在你们的世界里。”

唐达想起了特洛盖伊跟他说的话。

啊，特洛盖伊抱回来的就是那个灵魂？唐达暗想。

“你说是他的罪过，怎么回事？他和那些做梦的灵魂不能回去有什么关系？”

男子说：

“那个孩子就是风。很久之前，那个孩子和托姆卡一起回到你们的世界时，在这个世界与你们的世界之间，打开了一条通道。每天晚上，那个孩子都会变回灵魂，从这条通道回到这里——因为这里是那个孩子出生的地方，是他的母胎。”

听到这里，唐达觉得毛骨悚然，因为突然间，守花人的声音里仿佛掺杂了女人的声音。但只是一瞬间，守花人的声音马上又变回男人的声音，继续说道：

“那个孩子和花一起诞生，是和这个世界相连、难以分开的孩子。当庭院里那美丽的花开放的时候，为了让花结出果实，那个孩子就会变成风，从你们的世界把人们的梦引过来。”

唐达吃惊地抬起头，特洛盖伊确实也这么说过。

“那么也就是说，正因为他的引诱，卡娅他们才会被困在梦里？”

守花人点点头，说道：

“是的。不过，你不能因此而生气，因为他是风。当花结出果实，他就会回到这里，摇晃着花，使梦中的人们醒来，回到自己的世界去。”

“这么说，当他回来，让人们醒来的话，卡娅他们的灵魂还能回到身体里，对吗？”

守花人点点头说：

“是啊。只是，他还没回来呢。”

“什么？”

“花已经在结果实了。三天之后的半圆月之夜，花就会凋落。”

“是我们世界的三天之后吗？”

“是的。自从托姆卡回去，打开那条通道开始，你们的世界和这个世界就在同一个时间里了。看！”男子指向天空。夜空中挂着的，是一轮马上要变成半圆月的弯月。

“月亮变成半圆的时候，就会从外面吹来强烈的风。大风会让花飘散。花飘散了，这个世界的末日也就到了。

“从你们的世界被召唤到这里沉睡的梦们，必须在吹散花的风到来之前，被那个孩子带来的微风吹醒。要是不能被温柔地催促着回到自己的世界，就会在那天夜里，随着被风吹散的花一起飘散，在这里死去。”

唐达看着摇曳的花，花与花茎之间的根部非常细小，好像风一吹，花就会掉下来。

唐达小声说：

“为什么？为什么他不回来？”

守花人用低沉嘶哑的声音自语：

“我也不知道。他为什么要逃，为什么不回来呢？”

唐达紧锁眉头：

“怎么会这样？他难道不知道要对很多生命负责吗？他会回来的吧，在半圆月之夜到来之前？”

守花人脸上浮出一丝笑意，说道：

“你是说等到那时候吗？这是个非常危险的赌博。以前，他的灵魂每晚都会回到这里，可是最近几晚，他都没有回来。这是他有意不回来。……等等看吧，可要是他不回来呢？”

守花人平静地继续说。

“我是无所谓的，因为到了那时，花已经全部都结出果实。不过，要是想帮助那些梦的话，就必须把他带回这里，即使竭尽全力。这是拯救那些被困在这里的生命的唯一途径。

“不过，我只在这个世界才拥有力量。只有像你这样，在那个世界出生，在那个世界生活的人，才能把那孩子追回来。”

唐达瞪大了眼睛，说：

“我去找他？！”

“是啊，你不想试试吗？那个孩子是风。普通人在三天里是绝对抓不住他的。但如果借助花的力量，你就会拥有超越人力的巨大力量。”

“超越人力？”

“在花的世界出生的人，无论到了哪里都可以有被发掘的力量。还有，这种强大的力量可以让他追到任何地方，抓住任何人。这就是守护花的守花人的力量。”

突然，守花人的声音如同在整个世界产生回音一般，响彻天地，包围着唐达。

“唐达，做守花人吧，为了救助那些被困在这里的生命！”

花香围绕着唐达，他就像醉酒一样，意识渐渐变得模糊。但同时，唐达的戒心也被唤醒了。他与向他逼近的力量抗争着，拼命地思考着。

“唐达，托姆卡的儿子！”

唐达感到呛人的花香迎面而来，眼前变得模糊起来，他拼命地集中精力。

“做守花人吧，唐达！去把那个孩子带回来！”

唐达闭上眼睛。在浓得简直透不过气的花香中，唐达紧咬牙关，努力使自己清醒。

这可能是个陷阱，很奇怪！唐达在意识模糊中这么想着。然而到底奇怪在哪儿，他却怎么也弄不明白。

……不要忘了，我是为了救卡娅才来到这里的，只要想怎么救卡娅就够了。

就在唐达心里默念的时候，听到守花人对自己耳语：

“那个孩子通过唱歌，把卡娅和其他的灵魂引到花这里。他的任务就是把梦召唤过来。”

唐达吃了一惊，反问守花人：

“你说那个男子用歌唱来招引灵魂？！”

“是的。”

“那……那个家伙是个歌手？”

“是的。”

唐达心里升起了强烈的愤怒。他就是那个卡娅暗恋着的歌手……他大概就是特洛盖伊梦中的儿子。他在年幼的卡娅心中种下一个永远都不能实现的梦，让她感到人生空虚，然后再把她引到花儿这里。他用无法抗拒的美好梦境做诱饵，把卡娅引到这里！

唐达有着超乎常人的冷静，可是现在，在他心中升起的愤怒却强烈得可怕。

使唐达下定决心的，就是对那个歌手强烈的愤怒。他不知道成为守花人的话，自己会变成什么样子。可是如果不这样，就没办法救卡娅。为了尽力把那个男孩带回来，让他完成自己的责任，救回卡娅，他只能选择做守花人了。

唐达慢慢把视线从花转回到守花人身上，说道：

“我明白了，让我成为守花人吧。”

唐达被守花人带领着，再次来到中庭。守花人把唐达带到花茎旁。花茎很粗，四个成年人手拉手也围不过来。在花根处，几条根错综复杂地缠在一起。根块处凹成椅子的形状，守花人让唐达盘腿坐在那里。

守花人站在唐达的面前，他让唐达脱掉上衣，身上只穿一条筒裤。

守花人的手指伸向唐达，在他的右腿上画了一条线，一直从大腿画到膝盖。被手指画过的地方都变成了绿色，右腿看上去就像被藤蔓缠绕一样。

“现在，你的右脚已经不属于你了，它是属于花的。”

就在守花人诵念的时候，唐达感到一种强烈的恐惧——他的右脚没有了知觉。

守花人迅速在唐达的左脚上画线，说道：

“现在，你的左脚已经不属于你了，它是属于花的。”

转眼间双脚都失去了知觉，这让唐达恐惧不已。

冷静，冷静！紧紧守住灵魂！唐达暗暗鼓励自己。

唐达咬紧牙关忍耐着。

守花人向前迈了一步，影子落在唐达脸上。当他的手指碰到唐达喉咙的时候，唐达不由得战栗起来。手指就像藤蔓那样从唐达的喉咙到胸口，到腹部，一点点蔓延。

“现在，你的身体已经不属于你了，它是属于花的。”

于是，唐达全身的知觉都消失了，只剩下头部还有感觉。

守花人摘下一朵花萼。这是一个假面——双眼和口鼻部分都没有挖洞。花萼下的叶子非常锐利，样子就像生长着的头发。

唐达紧咬牙关，看着那个假面朝自己的脸盖过来。

当守花人开口诵念最后的咒语时，唐达觉得守花人在轻轻地扭动身体，身体似乎一下子分成了两个部分。就在那一瞬间，一股冷风吹来，清晰地扫过唐达的脸庞。

“你的梦……”

当唐达听到咒语、脸被假面遮盖的时候，他奋力在心中念出一句话。

两句咒语同时在他的心底回响：

“你的梦不属于你了，是属于花的。”

“只有我的梦，还是我自己的！”

刹那间，唐达感到一股强大的冲击力把自己往后弹——然后，全身失去了知觉。

巴尔萨与守花人的决斗

刚刚走到诺西尔家附近，特洛盖伊就感到了异常。孩子们蹲在家门口，抱在一起哭泣，唐达的嫂嫂娜卡抱着孩子们，身体在颤抖。

“怎么了，发生什么事了？”特洛盖伊问道。

娜卡颤抖着指着屋顶说：

“那里……从那里飞出来一个像猿猴的大怪物……”

特洛盖伊看到诺西尔家紧闭的门，皱起眉头，心中升起一种不祥的预感：

那个傻瓜，不会是一个人……

特洛盖伊把手放在门上，念着咒语，一下子就把门推开了。尘土飞扬之中，门倒向屋内，唐达布下的界绳已经散开。

在昏暗的屋子里，只有卡娅一个人躺在那里，根本不见唐达的踪影。特洛盖伊蹲在卡娅的枕边，拾起招魂用的咒具。咒具被烧得焦黑，一拿到手里就散架了。

特洛盖伊抬起头来，看着烟囱。“结界”在被特洛盖伊破坏之前，还没有被人从内部弄坏。也就是说，唐达只能从烟囱口出去。只是，烟囱口离地面的高度是唐达身体的两倍，也没有脚手架，那他是怎么飞出去的呢？

娜卡说是一个像猿猴的大怪物……

特洛盖伊凝神细想。她咬紧牙关，闭了一会儿眼睛。当睁开眼睛的时候，她念起咒语，集中意识，摸索到了气流中的混乱。

唐达从家里飞出去就发生在刚才，她能清晰地感觉到那种混乱的气流还非常新鲜。特洛盖伊追着跑了出去。

“在这种地方也有人家啊！不久前，我曾经经过旁边的村庄，可是从来不知道这里也有人住。”

尤格诺站在唐达家门前的草地上说：

“不过好像没有人啊。”

巴尔萨点点头，说道：

“估计是去采药或者给人看病去了。没关系，先进去吧。先把火点着……”

就在边说话边去开门的时候，巴尔萨突然感觉浑身起了鸡皮疙瘩。她手握长枪转过身去，见尤格诺也像受到了树灵的警告一般，不安地看着自己。

有杀气？不，不是。这感觉就像在树林深处发现自己被狼盯上一般，恐惧向全身袭来。

这恐惧来自树上。因为速度非常快，尤格诺只看到一道黑影。但巴尔萨清楚地知道，那是人的影子。

那道影子直接向尤格诺袭来。就在这万分危急的时刻，巴尔萨撞开了尤格诺，在草地上翻了一个跟头之后，和人影面对面站着。

就在看到那张脸的瞬间，巴尔萨定在原地，叫道:

“唐达？！”

那个人裹着唐达的衣服，有着唐达的面容，但他的表情却不是人类的表情，那双眼睛，就像狼在袭击猎物时那样泛着白光。

唐达完全不在乎巴尔萨的长枪，朝巴尔萨直攻过来。巴尔萨“唰”的一下转过枪来，用枪柄对准唐达的心窝。但是唐达并没有收起进攻的姿势，而是用脚跟做支点转了过去，侧身避开了枪尖。

保持着这种姿势，唐达想用右手去击打巴尔萨的脸。巴尔萨向前跳去，好不容易才避开了那只手。

虽然完全不知道发生了什么，但巴尔萨还是不能举枪刺向唐达模样的人。意识到这种想法使自己的动作变得迟钝，巴尔萨把枪扔在一边。

巴尔萨横起一脚，踢向唐达的膝盖。唐达轻盈一跳，躲开了巴尔萨的脚，并且在跳起的瞬间，抬脚踢向巴尔萨。巴尔萨扭过身子，让自己的脑袋躲过一脚，但左肩却一阵刺痛——那一脚完全没有留情，要是踢中脑袋的话，大概会被踢断脖子。受到这样的一击，巴尔萨意识到，眼前的唐达是想置她于死地。

巴尔萨往前一跳，在草地上翻了一个跟头，站起来面对唐达。

就在唐达快速抓住时机，双手伸向巴尔萨脖子的瞬间，巴尔萨用双手抓住了唐达的脖子，把他拽向自己的怀里，紧接着就扭转身体。

唐达的身体向空中飞去。这不是要把他扔出去，而是不给他留出反抗的空隙，使劲把他摔倒在地上。摔倒在地的唐达瞬间就停止了动作。

巴尔萨抓住唐达的右手腕关节，使唐达的身体向下弯曲，她用膝盖抵住唐达背部的一个穴位，这样唐达就不能呼吸了。而且，这样被固定住手腕，别说动了，连声音都发不出来。

然而，唐达却并没有停止动作。

“唐达，快停下来！不然手腕会断的！”

从胃部到胸部都疼痛难忍。把人的手腕折断是件恐怖的事，更何况是唐达的手腕。巴尔萨的额头渗出了冷汗。在巴尔萨手下，唐达的手腕咯吱咯吱作响。

“唐达！”

唐达好像根本没有感觉到自己的疼痛，连自己的骨头在咯吱作响也不在意。他站起身来。巴尔萨一咬牙一狠心，一边扭住他的手腕一边用力，随着一声闷响，唐达的右肩关节脱臼了。

突然，巴尔萨感到什么东西朝自己的脸袭来，于是向后仰去。原来是唐达扭过身子，用左手袭击巴尔萨的脸。关节脱臼应该非常疼，巴尔萨没想到他还会进攻。巴尔萨眼冒金星，鼻腔里一阵血腥味，瞬间天旋地转。

唐达用左手抓住巴尔萨的脖子。巴尔萨用手掌狠劈唐达的左手肘，然后放开，积聚力量，用右手猛敲唐达的耳朵。被打破了鼓膜的唐达晃动着脑袋，坐在地上，慢慢仰面倒下。

巴尔萨喘着粗气，浑身颤抖着。经历过太多生死攸关的场景，但像这次这么激烈的打斗，还是第一次。别说想杀了对手，巴尔萨甚至不想伤着他，她不知道这之后该怎么办。

突然，好像有一根无形的线在牵引着唐达的身体，他被拉了起来。巴尔萨咬牙皱眉，看着这一切。

唐达那双好像什么也看不见的眼睛，在看到巴尔萨的瞬间，鼻尖突然出现一团火苗。接着，唐达左右两侧都出现了火苗，把他围在中间。

“火焰，火焰，燃烧吧，跳舞吧。”

与其说是诵念，不如说是唱歌般的咒语在草地上响彻开来。向声音发出的地方看去，原来是特洛盖伊站在那里。她眯着眼看着唐达，搓着双手。

唐达拧过身体，挣扎着想要逃离火焰。当火焰变成一条火绳向他袭来的时候，唐达就像被什么东西弹起一般，朝空中跳去，接着，瞬间用双手抓住树干，消失在山里。

巴尔萨跪在草地上，大汗淋漓，喘着粗气。

火焰在不知不觉间消失了。巴尔萨不知道，那并不是真的火，而是用了咒术只能让“心魂”看到的虚幻的火焰。

“特洛盖伊大师……”

巴尔萨擦了擦额头的汗水，站起来说：

“那……究竟是什么？”

特洛盖伊也是满脸汗水：

“总之先进家里去吧，你旁边那个人也是。我会在屋子四周竖起

‘结界’，要不他还会来的。”

尤格诺傻傻地站在那里。巴尔萨捡起枪，推着尤格诺的肩膀，走进屋里。

花之子

就在尤格诺点着地炉的时候，特洛盖伊回来了。

“巴尔萨，他攻击你了吗？”

被特洛盖伊一问，巴尔萨摇摇头：

“不是，开始的时候他攻击的是尤格诺。因为我要帮尤格诺，他才攻击我的——他是唐达。”

特洛盖伊坐在火炉旁，大口喘着气。巴尔萨激动地继续说道：

“他有着唐达的容貌。但是，他不是人，他完全像一头野兽，而且动作也不是唐达能做到的。他用惊人的力量，毫不犹豫地想要杀了我！……你看！”

巴尔萨解开衣襟，露出左肩给特洛盖伊看。左肩已经肿得发紫了。

“我知道怎么用‘呼吸法’把进攻顶回去。我有心理准备还被踢成这样，如果毫无防备被踢个正着的话，大概骨头都会碎了——他居然踢得那么狠。”

特洛盖伊点头说：

“是啊，如果换作别人的话，大概要死在他手下了。”

巴尔萨刚要开口，就被特洛盖伊制止了。

“我现在马上告诉你唐达是怎么了。但在这之前，你先给我介绍一下那个人吧。”

巴尔萨把五天前的黎明怎么救的尤格诺，他是通树灵者，等等，一一告诉了特洛盖伊，还说尤格诺看起来很年轻，实际上已经五十二岁了。巴尔萨说话的时候，特洛盖伊一直盯着尤格诺，尤格诺有点儿手足无措。

一直到巴尔萨说完，特洛盖伊还在盯着尤格诺，身体动都没动。终于，特洛盖伊小声说：

“怎么会这样？这的确像我师父说的那样，有一条线连接着彼此的命运。”

之后，特洛盖伊好像回过神来似的摇了摇头，开始向他俩解释最近几天发生的事情：

久梦不醒的唐达的侄女卡娅和查格姆，很早以前不可思议的梦和在花的世界生下的儿子，“花之夜”，今天下午在诺西尔家看到的景象……特洛盖伊把一切都告诉了他俩。

“所以说，巴尔萨，今天和你决斗的人，既是唐达又不是唐达。那个老好人、大笨蛋，肯定已经被花摄走了魂魄。”

特洛盖伊把视线从巴尔萨身上移到尤格诺的身上，说道：

“只是，为什么唐达会袭击你呢？你能想到自己为什么会被花攻击吗？”

巴尔萨看着尤格诺。尤格诺脸色发青地看着特洛盖伊，喃喃说道：

“这个啊，是……唉，可是没想到守花人真的会追过来。”

“嘴里不要咕噜咕噜的，好好说清楚。”

见特洛盖伊发怒，尤格诺吓了一跳，缩着脖子，不高兴地看着特洛盖伊，说：

“别生气，为什么要生气啊？我也不知道发生了什么啊！”

之后，他皱起眉头陷入了沉思：

“先让我好好考虑一下你说的话。也就是说，你就是托姆卡了？”

“对啊，那是我五十年前的名字。”

尤格诺舔了舔嘴唇：

“也就是说，你就是在那个世界把我生下来的母亲？”

“好像是这样的。不过，那只是为投身于花籽而死的男人的灵魂换上一个新的生命罢了，我完全没觉得自己是你的母亲。”

尤格诺皱皱眉头，说：

“我也没觉得。你和父亲所说的托姆卡完全不同。”

“父亲？”

“对啊，就是你说的守花人。”

尤格诺叹了一口气，接着说：

“自我出生以来，只做过一个梦——在日暮时分的庭院，长大的花，高个子的父亲……父亲把我是如何出生的，以及为了花我应该做的事都告诉了我。在庭院里听到那些话的时候，觉得那是理所当然的。

“在我知道其他人每天都做不同的梦的时候，我特别吃惊，为什么只有我做相同的梦呢？最后终于明白，因为我在出生的时候就被赋予了不同的命运。”

巴尔萨听得不耐烦起来，探出身子说道：

“很抱歉我得打断一下了。与其说什么梦啊之类的，不如说说唐达为什么会变成怪物，为什么要袭击你，挑重要的，快点儿说吧！”

尤格诺不安地眨了眨眼睛，说：

“啊？这个，我也不知道是怎么回事。”

巴尔萨急躁地拍着尤格诺的肩，摇晃着他说：

“你刚才告诉我们所谓的‘为了花应该做的事’，那究竟是什么？要是不能完成任务，就会被花袭击吗？”

尤格诺使劲摇着头：

“不是不是！为了花应该做的事情早就做好了！”

特洛盖伊插话说：

“那所谓的任务，到底是什么？”

尤格诺瞥了一眼巴尔萨，接着又看着特洛盖伊，说：

“……我只是给那些觉得很寂寞、现在的生活很痛苦的人把梦送去。

“在中庭的花慢慢长大，开始结出花蕾的时候，父亲对我说——时机已经到了，现在你就变成能把梦们召唤过来、让花授粉结果的风吧。”

巴尔萨吃了一惊，放在尤格诺肩上的手加了一把劲：

“那首歌，就是给大王妃唱的那首歌？”

巴尔萨的声音里夹杂着痛苦：

“我到现在还忘不了听到那首歌时的心情。那首歌让人无限思念永远失去的东西、渴望却无法得到的东西。那首歌只要听过一遍，就会留在耳际，挥之不去。”

巴尔萨一直盯着尤格诺，问他：

“你就是用那首歌，把脆弱的人的心召唤到梦里的？”

凝重的沉默。尤格诺脸色阴沉地看了巴尔萨好一会儿，像小鸟一样歪着脑袋问：

“巴尔萨，你生气了吗？”

巴尔萨没有回答。尤格诺眨了眨眼睛，神情不悦地自语道：

“为什么要生气呢？我可是给了人们别的歌手都给不了的至高无上的礼物。难道不是吗？我给他们的，是他们一直期待却怎么都梦不到、让他们再也不想醒来的美梦。”

巴尔萨深吸一口气，压制住怒火，继续说：

“你不觉得，无论多美好的梦，要是以生命为代价，还有人想要吗？”

“啊？以生命来做代价？……你说什么？啊，对了，那个叫唐达的也担心那些人会醒不过来。”

尤格诺皱起眉头说道：

“不用那么担心啊。我是为了让花结籽，才把那些人召唤过去的。等到花结了种子，他们就没用了啊，完全没有必要把他们留下，杀死他们啊。等到任务完成，他们就会回来的。”

特洛盖伊好像想起了什么似的，眯起眼睛说：

“对对，以前我也问过守花人，会不会让梦们回来，他说如果梦们想要回来的话，就能回来。

“虽然我觉得很少有人会愿意从那些美好的梦中醒来，但是从我的感觉来看，我也觉得花并不像食人植物那样想要吞噬人的灵魂。

“花为了授粉而引来昆虫，同时也给了它们花蜜，彼此的生命只在短短的瞬间联系在一起——就是这种感觉。所以，说实话，我并不像唐达那样担心。原来我认为，当花结出花籽的时候——也就是守花人所说的‘时候到来’的时刻，梦们就会回来。”

特洛盖伊一边摩挲着手腕，一边看着尤格诺，说：

“但是，我现在不这么想了。如果花真打算让大家回去的话，就没有必要让过去招魂的唐达做守花人了——是怎么回事呢？哪一个环节出了问题？使事情变得奇怪……”

话说到最后，特洛盖伊用手指按住额头。

“花什么时候会结出花籽呢？什么时候梦们的任务会完成呢？要是到了那个时候，用招魂术也许能做什么……”

特洛盖伊看着尤格诺，自言自语似的小声说：

“从你懂事起，你就一直在守候花的成长对吧？你也不知道什么时候花会授粉结籽吗？”

尤格诺挠挠额头，说：

“这个，我也不知道，很遗憾……”

巴尔萨见尤格诺语气轻松，大为光火，转向尤格诺吼道：

“难道不是你把他们引到花那儿的吗？！你难道没觉得自己对他们有责任吗？！”

尤格诺一脸的不可思议，看着巴尔萨，问道：

“责任？为什么？我确实是唱了让那些人做梦的歌，但是不想从美梦中醒过来，那是那些人自己的意愿，并不是我强制的啊！我为什么要对他们负责呢？”

巴尔萨张开嘴想说些什么，可又什么都没说。因为她觉得这个男人的想法和自己从根本上就有偏差，她连生气的力气都没有了。

尤格诺不满地皱起眉头，说：

“确实，那些人都是好人。他们正在做着美梦呢。而我呢，前些天在花里还做了个噩梦，而且我还被守花人追杀，我才是受害者啊。”

特洛盖伊扬起眉毛，说：

“你在那儿做了噩梦？”

“是啊。在这之前，我每天晚上都会在梦中回到那里，每天晚上都守护着花儿，看着它一点点地生长，一直做的都是美梦。可是最近，那个梦渐渐变成了噩梦——我特别害怕回到那个梦中。

“是从什么时候开始的呢？对了，大概是从最初的梦到来、花开始授粉的时候。守花人开始变得不像父亲了。说话的方式很奇怪，就像……”

尤格诺脸都涨红了。

“像什么？是不是就像个女人？！”

听特洛盖伊毫不客气地这么说，尤格诺不高兴地皱起眉头：

“不是那个意义上的女人——虽然不知道为什么，但是不知不觉之间，守花人变成了母亲。”

尤格诺咬了咬嘴唇，接着说：

“开始我并没有觉得讨厌。因为我的母亲在十年前就去世了，我非常想念她，所以能再见到她，我很高兴。”

尤格诺吸了一口气，说：

“可是渐渐就变得难受起来了。虽然我自己没那么想，可是在梦中，我的年龄变得越来越小。当我变成十二岁孩子的时候，不由得从心底感到了恐惧。”

尤格诺盯着特洛盖伊：

“不知为什么，母亲对我说：‘你不要从梦中回去，一直待在我的怀抱里吧……你要变小，变得没有力气，不要长大……’我觉得整个世界向我压过来。

“那个世界原本不是这样的。从发芽、成长，到开花结果，最后消散，那个世界就是这么运转的。

“就是从那个时候开始，我就一点点地慢慢缩小，而那个疯狂的母亲就像紧抱着婴儿，把我困在那里，哪儿都不让去，简直要把我压碎。

“我感到恐惧，于是就挣脱母亲的手跑了出来。”

“你就是从那个时候开始做噩梦的……”

听到巴尔萨这么轻声自语，尤格诺点点头，说：

“是啊。要是没有巴尔萨帮忙的话，我可能也逃不了。因为实在是太害怕了，所以从那时开始，为了不在梦中再回到那里，我就把刮胡刀放在额头上再睡。这是小时候母亲告诉我的魔法，我真正的母亲不是那种要把孩子压碎的人。”

尤格诺说完这些话之后，三个人都陷入了沉默。

“也就是说……”

特洛盖伊终于开口了：

“从你逃离那个世界开始，你就不知道那里什么时候结束授粉，什么时候结出花籽了？”

“是的。”

尤格诺点头回答。特洛盖伊长叹一口气，说：

“虽然不知道为什么会变成这样，但是有一点是确定的。那就是，你那个在花里的母亲还没有对你死心——她让唐达来追你了。”

尤格诺开始发抖，说：

“我完全没有想到他们会一直追到这个世界来。从母亲怀里逃出来的时候，我听到母亲用恐怖的声音怒吼：‘你别想从这里逃出去，守花人一定会把你追回来的！他会掐破你的喉咙，让你再也不能唱歌！’”

特洛盖伊突然眯起眼睛：

“掐破你的喉咙，让你再也不能唱歌？她真是这么说的？”

“是的，这些话我不会忘记。”

特洛盖伊摸摸下巴。

“你明白了什么吗？”

“……嗯，总之，花不允许孩子离巢而去，变成了可怕的母亲。

“也许，花正被某个人的梦控制着，某个带着许多同伴、一心想死的家伙。”

说完之后，特洛盖伊挠了挠头：

“浑蛋！不知道是谁对花做了什么。总之，有一点是确定的，那就是唐达那个傻瓜中了她的圈套，那个实心眼儿的大笨蛋！”

巴尔萨小声说：

“特洛盖伊大师，有没有什么办法能救唐达呢？要是你也像唐达那样去那个世界的话……”

特洛盖伊一下子皱起眉头：

“所以我说唐达是个大蠢货！去那里是很容易的事。事实上，我师父就是进到那个世界里把我唤醒的。

“只是在那时，花是为了要把这家伙送出来，才让我回来的。可是现在的情况和那时完全不同。难道我能一个人进去，然后把那些被那个世界牢牢掌控的灵魂带回来吗？！这就像是以卵击石。”

“那您带我一起去……”

特洛盖伊看着巴尔萨，一脸“外行人什么都不懂”的表情，摇摇头说：

“你在这里算是武艺高强，可是在梦中，如果和那个操纵着梦的家伙决斗，你觉得自己还能赢吗？”

特洛盖伊表情痛苦地叹了一口气，接着说：

“我曾经也告诉过唐达，这样做有多么危险，可是……”

巴尔萨轻轻地用手摸了摸自己失去血色的脸：

“即使这样，也不能不去啊。因为那是唐达。”

特洛盖伊和巴尔萨的目光交会在一起。特洛盖伊静静地、用教诲的语气说：

“巴尔萨，虽然这么说让你痛苦，可是唐达的灵魂已经被花控制了。他现在已经变成了只知道要捉住尤格诺的守花人。在完成这个使命之前，他会一直袭击尤格诺的。

“我在草地和屋子四周用唐达用过的咒具残骸布下了‘结界’。但对手是既不怕痛也不怕死的人，所以我也不知道‘结界’能起多久的作用。

“因为所有的动物都怕火，所以我刚才使用了火咒术，但那只是虚幻的火。一旦他明白那是无法伤到自己的火，也就起不了作用了。这个咒术只不过是个幌子。

“所以，巴尔萨，你听好了，刚才你没有用长枪和唐达决斗，但下次唐达再来的时候，你一定要用长枪。”

巴尔萨盯着特洛盖伊看了一会儿，歪了歪嘴角，说：

“……不开玩笑。真要杀死那个家伙的话，不如把我的脑袋给他。”

巴尔萨一边咚咚地敲打着自己的后脖颈，一边继续说：

“我会用尽全力来制止那个家伙。但是，如果到了非杀死他不可的紧要关头，那我会选择被他杀死。剩下的，就随你怎么收拾吧！”

一口气说完之后，巴尔萨站了起来。

“……别走出草地！”特洛盖伊在巴尔萨背后叫道。

巴尔萨出去之后，尤格诺低声问特洛盖伊：

“巴尔萨和唐达是什么关系啊？”

“唐达是个好奇的家伙，从小就迷恋巴尔萨，巴尔萨是怎么想的就不知道了。”

“啊？可是她刚才说，要杀唐达的话，宁可自己去死。”

尤格诺说着笑了笑：

“如果不是特别迷恋的话，就不会说那些话了吧？”

特洛盖伊皱起眉头：

“我说，你这家伙还真是爱管闲事啊。”

特洛盖伊就像看着一个怪物一样盯着尤格诺：

“你和我想象中的儿子完全不同。”

尤格诺笑眯眯地说：

“当然啊！我长年在外流浪，从来没见过有哪个儿子是像母亲期望的那样长大的。”

特洛盖伊呵呵笑着，朝巴尔萨出去的方向看了看，说道：

“巴尔萨跟你说过她自己的事吗？”

“没有，她只说她是坎巴尔人，是个女保镖。”

“是吗？接下来你可能有把性命交给巴尔萨的时候，所以，我还是跟你说说她的情况吧。

“巴尔萨走过了一段非常残酷的人生。为了给父母报仇，从十岁开始，她就拼命习武，可是当她终于长大成人的时候，她父母的仇人却死了。巴尔萨丧失了活着的目的，不仅如此，抚育巴尔萨长大的男人为了让她活下去，杀死了以前的八个朋友，最终因病死去，结束了悲惨的人生。”

特洛盖伊叹道：

“所以，在巴尔萨的内心深处，觉得自己的人生是从别人那里得到的，是用别人的血换来的。

“姑且不说爱恋之类的，对于巴尔萨来说，这个世界上最重要的人就是唐达。所以，她并不是嘴上说说而已，她绝对不会为了保全自己的性命而杀死唐达的。要是真到了非杀唐达不可的时候，她真的会选择被唐达杀死。”

尤格诺一脸担心：

“啊？……也就是说，要是到了紧要关头，她会弃我不顾？”

特洛盖伊一脸坏笑道：

“总之，你要有思想准备。不要依赖巴尔萨，自己的命要自己来保护。”

巴尔萨背着手关上门，往门前的草地迈出一步，环视四周。她觉得南边的树林里藏着什么，就面朝那边坐了下来。太阳已经西沉，夕阳透过树林，在草地上洒下斑驳的树影。

不知那家伙脱臼的肩膀正回去了没有？

小时候，也是在这片草地上与养父吉格罗一起练习武术。有时候因为没有做好防守，也会肩膀脱臼。经常忍受着剧烈的疼痛，一边流着眼泪，一边颤抖着自己正回脱臼的肩关节。每当这个时候，站在旁边看的唐达眼里也会淌下泪水。

唐达小时候是个爱哭的孩子，但并不是因为懦弱。不光是对人，对鸟儿也好，对野兽也好，就连对虫子，只要是沉浸在感情里，他都会哭。虽然他看着巴尔萨经受严格训练很痛苦，还不如待在家里，可还是会站在一边静静盯着。

……我一定会把你变回原来的样子！巴尔萨在心里对唐达说。

夜晚马上就要来临。虽说已是初夏，但山里的夜晚还是很凉。即使不觉得寒冷，唐达的身体也会越来越虚弱吧。巴尔萨很清楚，那样的打斗对身体会造成多大伤害。疼痛是告知身体到达极限的警报，是传达身体已经不能再继续承受的信号。感受不到疼痛的唐达虽然已经伤痕累累、不堪一击，却还在继续活动……这样下去会越过身体的警戒线。

一定要尽早想办法……

保镖的工作，并不是光有武功就能胜任。只有能预测出未来可能发生的情况，才能保护别人。只有知己知彼，把握敌我状况，才能开战——十几年的岁月里，巴尔萨所学的就是这些知识。

突然，巴尔萨感受到了人的气息，一下子清醒过来。太阳早已经下山，在草地上留下了暗青色的影子。

是三个人，还是四个？

巴尔萨在心里嘀咕着，拿着枪站了起来。过了一会儿，四个手持火把的男人出现在草地上，其中三个看着眼熟，是唐达的两个哥哥和一个弟弟，剩下的那个大概就是唐达的妹夫了。

四个人紧张地看着巴尔萨。长兄诺西尔向前踏了一步：

“你就是巴尔萨吧？……我们来找唐达，他在家吗？”

“你是诺西尔吧？很不巧，唐达现在不在。”

诺西尔的表情变得凶恶起来。就在他刚要张口的时候，特洛盖伊从屋里走了出来。男人们顿时更加紧张。

“晚上好，诺西尔。”

特洛盖伊来到巴尔萨的身边。诺西尔舔了舔嘴唇，张口说道：

“我们是来找唐达的，他在哪儿？”

“事实上，情况有点儿复杂，你们担心也是自然的，可是这里不是说话的地方。请进屋吧，咱们一边喝茶一边说。”

诺西尔摇头道：

“我们没打算慢慢说，也没想喝茶，不知道你会在茶里放什么。”

二哥慌张地抓住诺西尔的手腕：

“哥，说得太过分了吧。在事情还没搞清楚之前，这么剑拔弩张的可不行。”

诺西尔甩掉弟弟的手喊道：

“浑蛋！咱家的人看到有个怪物从家里飞了出来！那是有着唐达模样的怪物。在隔壁村子里也有一个和卡娅一样长睡不醒的女孩，我就想知道，到底发生了什么！

“特洛盖伊，你是个伟大的咒术师对吧？那你为什么不帮帮我的女儿呢？！附近的村子里都传遍了——是品质恶劣的咒术师抓走了人们的灵魂！”

特洛盖伊向诺西尔迈近一步，平静地说：

“你真认为我会做出这样的事吗？我和你们家族没有什么深仇大恨吧？而且这二十年来，我抚育唐达长大，唐达和我长年给你们村子里的人治病，那时候你们总是感激不尽，那种心情难道全被不负责任的传言吹跑了吗？”

诺西尔的脸慢慢涨红了：

“但是，你确实什么都没为我的女儿做。只是去看了看……”

特洛盖伊叹了口气，说道：

“好吧，我跟你说实话。这里都是自己人，你们可别泄露出去。卡娅与其说是长睡不醒，不如说是灵魂出了窍。”

男人们炸了锅。

“正如唐达说的，卡娅的灵魂被谁夺走了。唐达考虑到你们的心情，才没有告诉你们，那个孩子的灵魂是被恶魔夺走了。我什么都没做，是因为要是弄不好，连我自己都有被恶魔带走的危险。”

诺西尔表情僵硬地说：

“那，唐达他……”

“没错。就像你们所知道的，唐达是个心地善良的人。他无视我的警告，一个人去追卡娅的灵魂，结果被恶魔抓住了。你妻子见到的，就是侵占着唐达的身体、在这附近出没的怪物。”

听到这里，男人们仿佛被冻住一般，一动不动。

“那么，到底该怎么办？”诺西尔呻吟似的说。

特洛盖伊拍了拍他的肩膀：

“谁也不知道会发生什么……总之，我们现在正在拼命想办法救唐达和卡娅。信不信由你们，总之我们会竭尽全力去救他俩。”

一直在旁边静静听着他们对话的巴尔萨开口道：

“……不管你们信还是不信，现在这种情况，除了特洛盖伊大师，别人都无能为力，这你们也明白。”

站在诺西尔身边的唐达二哥开口说：

“很抱歉刚才说了那么不礼貌的话，可我们也是因为太担心卡娅和唐达了。现在村里已经传得沸沸扬扬……”

特洛盖伊生气地说：

“因为你们是咒术师的家人，才会遭人白眼。你们得自己想想办法。村里的人暂不用去管，我们的对手是怪物。”

唐达的兄弟们互相看了看。最终，他们异口同声地拜托特洛盖伊救救卡娅和唐达，然后表情僵硬地下山去了。

几个男人的身影完全消失之后，巴尔萨看着特洛盖伊说：

“真不愧是特洛盖伊大师，说得真巧妙……我还在想应该怎么解释呢。话说回来，在村里生活还真是不容易。”

特洛盖伊轻轻笑道：

“可是，万一有什么事，村里的人们还是会帮忙的。二十岁之前我也生活在村里，我很清楚，这种人情让人心里有底。

“像我们这样和村子分离的人，虽然自在，但不会有人帮忙。一旦发生了什么事，人们就会怀疑、怨恨到我们身上。”

第三章

通向花之路

查格姆的心底升起了炽热的力量。他用力扇动翅膀，感觉到自己的身体在御风飞翔。他第一次觉得生命的珍贵——那不知什么时候就会被夺走的脆弱生命！

查格姆的眼前出现了以前做精灵守护者时所看到的清澈宽广的景色。那是一个生命自由自在的世界，静静的山川一览无余……

突然，他的身体变得轻快起来。查格姆追随着那淡淡发光的线，一直飞着，终于，他被炫目的光亮包围起来……

记录员奥图

修加走在星宫昏暗的长廊上，朝宫殿北端的星图阁走去。

当特洛盖伊劝他，为什么不试试把“天道”和咒术重叠在一起的时候，他觉得很生气——因为在这么紧急的情况下，哪里还有时间慢悠悠地实验呢？可是当他冷静下来，重新思考的时候，眼前突然浮现出一个人的面庞。

在星宫里大概有三十个观星博士。在四年一度的星象考试中，来自全国的一百多名少年聚集在一起，但能够通过测试、成为见习者的，每次只有十人左右。在这些见习者之中，能成为观星博士的就更少了。要成为观星博士的话，至少要学习十年，甚至有人苦练了三十多年才终于成为观星博士。

修加想起的男人，就是一个苦练三十年成为观星博士的人。他身材微胖，并不起眼，是个负责管理古老星象和天图的记录员。他性格内向，不太爱和人说话，但是偶尔说的话却能引起修加的兴趣。奥图也只有在和认真听自己说话的修加说起自己想法的时候，才觉得快乐。

打开星图阁笨重的大门，寒冷的空气中飘来一股旧纸特有的气味。为了不让太阳直晒到纸张，整个屋子只在北侧打开四扇细长的窗，所以室内一直都是昏暗的。下午淡淡的光线中，沉睡着几层高的书架，上面是整整齐齐码到天花板的卷轴。

“奥图先生，您在吗？”

修加的声音在星图阁中静静地回响。从右侧书架边走出来一个人。

“哦，是修加啊。”

记录员奥图把手里拿着的书卷放回书架，两手在衣服上擦了擦，朝修加走来。

“现在忙吗？”

“不忙，你是来找什么书的吧？”

修加像在观察情形似的，环顾着星图阁说：

“这里除了咱俩之外，还有别人吗？”

奥图的脸上露出一丝不安，说道：

“有两个见习者在打扫卫生……要是要说的话不能让别人听见，那咱们就去我的小屋说吧。”

修加跟着奥图朝星图阁里面的小屋走去。小屋里除了一张放置星图的大桌子之外，只有一个盛放茶具的小架子，收拾得干干净净，这也正显示了奥图的性格。

奥图向窗外看了看，确定没人之后，请修加坐下。修加盯着奥图开口道：

“今天来是想请教您的研究成果。”

“啊？不不，修加，我没有什么像样的研究成果……”

“前段时间听您提起过，在悠久的历史中，会出现奇妙的一致。”

奥图红着脸说：

“那个啊，那个……那只是弄着玩的，真算不上什么研究成果……”

修加探出身子，压低声音说：

“您在太子殿下击退水妖的时候，说过意识到这一点了对吧？那时候没能详细请教，眼下发生了一件事，所以我无论如何都想了解清楚。”

奥图的脸上露出胆怯的表情，说：

“不，修加……”

“请相信我！因为是事关国王的神话，所以不能胡言乱语，但是我保证一定不会让你身处险境。”

奥图犹豫了一下，终于小声开口：

“就在那年夏至日那天，当我得知太子殿下击退了水妖，突然想看看两百年前的夏至，圣祖特尔盖尔先帝同样击退了水妖那天的星图和天图。于是，我就拿出了古星图，试着对比了一下。

“开始的时候，我发现预示着重大干旱的‘乾相’这部分是一致的，其他部分没有相似之处，可是当我仔细对比之后，却注意到了几处相似的星象。

“于是，我急忙把一百年前的夏至星图也拿出来研究，其中也发现了我注意到的星象。当时我只是想，因为同样都是夏至的星象，相隔整整一百年，会出现相似的星象也是当然的。”

奥图说着，眼睛开始放光。

“但是，事情慢慢变得有趣起来。只要有空，我就按照每十年、每八年这样的间隔，找到冬至或夏至这样的特定日子，来比较星图和天图，这非常有趣。

“隔一年、两年来比较每天的星图，观察天象的运动是观星博士的任务。与此相比，这样随意选择年份和时间来对比，就像是游戏一样。因为您总是饶有兴趣地听我说，所以我才会说的。”

奥图苦笑着说道：

“就在这游戏的过程中，我开始发现一些奇怪的事情。刚才说的类似的星象是每隔一百年的夏至星象，我发觉，即使形状不同、时间也不同的星象，也有着各种各样的类似……

“也许是因为在寻找相似的东西，所以看起来就有相似之处了。”

修加眼里，奥图似乎已经看不见了，因为他就像麻木了一样，陷入奇怪的预感之中——他觉得自己有了线索，将会发现些什么。最初注意到这个线索的奥图，完全没有想到这是一个将颠覆“天道”的大发现，他也没有把这种偶然的想法向前推进的力量——但是，修加拥有这种力量。

“修加？！”

注意到修加的模样，奥图盯着他的脸叫了一声。修加一下子清醒过来：

“今年的星象也有类似之处吗？”

奥图微笑了一下，像是在说，你听得可真认真。

“事实上，上次跟您提起这个问题，正是因为今年也出现了这种类似情况。请稍等一下。”

奥图站起身来朝里面走去，过了一会儿，怀里抱着一大摞卷轴回来。修加取下最上面快要掉下来的两件卷轴。

“啊，谢谢。”

奥图心不在焉地说了声“谢谢”，把星图和天图摆了满满一桌子，开始解释起来。修加逐一确认奥图的解释，听得入了神。直到夕阳西下，看不清图了，两个人才清醒过来。

修加拉起奥图的手，由衷地感谢：

“虽然您说这就像个游戏，可是，也许这将是个石破天惊的发现！”

奥图难为情地笑笑，说：

“太夸张了。虽然说观星确实是有意思的游戏，但还是不要抱太大期望比较好。这算不上什么了不起的成果。”

告别奥图返回自己房间的路上，修加兴奋不已。在只知道“天道”的奥图眼里，不过是些有趣的类似之处，而从特洛盖伊那里学过亚库知识的修加，却从中看到了完全不同的东西。

“天道”认为，世界是由眼前的这个世界和神主宰的天界，以及魔鬼控制的魔界组成的。它们各自独立，不像亚库人说的那样，还存在着肉眼看不见的、和这个世界重叠的异世界。

假如，像特洛盖伊所说的那样，在这个世界之外，还有各种各样重叠的世界……又假如，就像太子查格姆怀上了异世界精灵的卵，把它生在这个世界一样，平时距离很远的异世界就会有无限靠近的瞬间……

奥图给他展示的星象的类似，在修加看来，就像是由两股洋流汇集而成的流界。奥图说，这样的类似有时八年出现一次，有时百年出现一次，其中肯定有什么奥秘，但奥图只是笑着说，大概是偶然的一致。但是，如果汇合的洋流并不止两条，而是很多条，那么出现不同的情形也就理所当然了。

修加心中浮现出一张硕大的图画——如同群星闪耀，时而靠近时而远离一样，各种各样的世界合久必分、分久必合。

一年前纳由古和萨古彼此接近，显示了每隔百年就会出现几乎完全相同的星象，这是一目了然的。但奥图所展示的和今年相似的年份的星象，二者虽然相似，却并非完全相同。

这些年份和引诱人们入梦的花的开放是不是有什么联系呢？想要知道这些，资料还是太少了。要是从现在开始去论证刚刚发现的这种可能性，需要假以时日反复摸索。这么一想，修加刚刚兴奋起来的心情又冷却了下来。即便是这样，那莫名的兴奋仍然牢牢扎根在修加心底。这种兴奋不已的好奇心，无疑会给他带来力量，去克服摸索过程中的障碍。

修加心想，特洛盖伊是对的——眼前派不上用场的东西，并不一定就是无用的。如果一直执着于追寻、思考不知什么时候会派上用场的东西，这种奇妙的冲动，才是发现新事物的力量吧。

……对于我来说，这才是梦。

修加这么想着，一边微笑，一边沿着昏暗的走廊走回去。

2 查格姆与唐达

唐达梦到了自己的身体，于是慢慢地，他找回了自己身体的感觉。在守花人诵念最后咒语的瞬间，他急忙念起保护自己的梦的咒语，才护住了自己的灵魂，否则，现在他的灵魂就变成花的了。

尽管如此，当附着在花的身体上时，自己身体本身拥有的“生命”与“灵魂”的联系纽带也被切断，所以也就无法使灵魂回到身体里。唐达痛苦地意识到，自己中了圈套。

就在最后的咒语之前，他感觉不知从哪里吹来的风轻抚着脸颊，在守花人的背后，出现了一个白色的女人的影子。就在那一瞬间，唐达仿佛被闪电击中一般，感受到了那个女人的意愿。

那是一种让人永远留在睡梦中、不要醒来的强烈意愿，而且背后还有纠缠不休的仇恨……想要带着别的梦，沉浸在永恒的梦之中，这样就可以让其他人也体味和自己相同的悲哀——就是这样一种强烈的意愿。

唐达叹了一口气：

那个女人肯定就是为花授粉的人。那个女人的灵魂带有的意愿在支配着花。

因此，守花人按照那个女人的意愿，给唐达下了圈套。虽然不知道她究竟想做什么，但要利用唐达在那个世界的身躯——这个阴谋是毋庸置疑的。

……用美丽的色彩、香甜的花蜜来欺骗虫儿，这是花与生俱来的本事。被这些所迷惑的我，真是个大笨蛋！但是……

唐达陷入了沉思。

小虫子都有小虫子能做的事。

用最后的咒语守住灵魂的唐达，成为虽然身陷花的控制，却没有被花的梦所困住的唯一灵魂。唐达站了起来，抬头仰视朦胧的光亮。

梦们大概就睡在一个个的花萼上吧。最好是能一下子唤醒被困住的所有正在做梦的灵魂，只是那样一定会被守花人发现。

这里是花的世界！要是打起来，唐达一个人是赢不了的。

总之，还是先找卡娅吧。

唐达变成鸟的样子，扇动着翅膀飞了起来。就在为找寻卡娅飞进花里的时候，他发现了一个十分熟悉的梦——不如说，因为那个人正在梦着唐达，于是“嗖”的一下，就把唐达吸引了过去。

回过神来，唐达已经在自己家的炉灶边了。但这里和自己的家还是有些微妙的区别。唐达所熟悉的家，并没有这么明亮，也没有这么大。只有那些很久以前就摔碎了的药酒瓶子还和从前一样，摆在隔板下面。

而且，季节并不是初夏。唐达注意到自己手里正拿着只有在秋天才能采摘到的蘑菇。在地炉的另一侧，巴尔萨坐在那里，特洛盖伊懒散地躺着烤火。而且，正在和自己说话的是……

“查格姆？！”

听到唐达叫自己，查格姆吃惊地抬起头看着他：

“啊，怎么了？”

唐达扔掉手里的蘑菇，抓住查格姆的肩，问道：

“这是怎么回事啊？你也被捉住了吗？”

查格姆皱起眉头：

“被捉住？……怎么啦？唐达，你在说什么啊？”

唐达又一次环视了查格姆梦中的情景，不禁大吃一惊。

让查格姆留恋不已而被花困住的“时光”，是在唐达家中和巴尔萨、特洛盖伊在一起度过的那个秋天。

唐达紧紧抱住查格姆，慢慢说道：

“查格姆，你听好了——现在的一切，都是梦。”

唐达按照顺序，把自己为什么来到这里，以及中了花的圈套的经过都告诉了查格姆。谈话间，唐达能清楚地感觉到查格姆的身体变得僵硬起来。

唐达刚刚说完，查格姆就从他的怀抱里挣扎着出来，摇头喊道：

“我不要回去！我再也不要回去了！我不想做什么国王！”

查格姆目光炯炯地看着唐达：

“那样的人生比花的圈套还残酷！与其被困在那样的生活中一辈子，还不如就这样被困在梦里呢。”

唐达直视着查格姆：

“是吗？你喜欢被梦缠住、长睡在这里的你自己吗？”

查格姆轻轻退了一步。

“要是你真觉得只要睡在这美好的梦中就行，连死也不在乎了，那就这样吧。”

唐达放开了查格姆的手，接着说道：

“但是我觉得，如果你哪怕有一点点不能原谅被现在的梦缠住的自己，也还是回去比较好。”

唐达透过微弱的光亮，望着许许多多的梦，说道：

“在这里的，都是些觉得自己不幸的人。那些不幸，只有两种：一种是那些得了不治之症，或者做了不能挽回的事情，觉得自己已经没有回头路的人。

“另一种，是觉得自己本来应该拥有别样的人生，却为什么这么不幸，从而诅咒命运的人。”

唐达的目光回到查格姆的身上：

“查格姆，什么是别样的人生？别人我不知道。可是对于你来说，要是放弃现在的一切的话，无论是巴尔萨还是我，即使是豁出性命，也会帮你逃到别的国家的——这些，早在一年前，你也应该明白。

“只是在那个时候，你是在想着怎样过好自己的人生。虽然觉得成为国王，生活在黑暗中，会厌烦、会寂寞，但是当时你也在勇敢地面对它。你也喜欢那样的自己，不是吗？！”

唐达轻轻叹了口气，接着说：

“我觉得，心里有一个自己喜欢的自己是最重要的，虽然我们不能完全变成那样的人，也羞于对别人说，但是至少，在我心里有一个那样的自己，当来到不知如何是好的岔路口的时候，我就会想，走哪条路才能成为‘自己喜欢的自己’。”

查格姆咬着牙沉默不语，唐达握起查格姆的手，说：

“最后的决断还得你自己来做。我这么说是不是很圆滑？”

查格姆轻轻摇了摇头。

“这里其实是什么都没有的梦。即使意识到这是个梦，这里的巴尔萨、我、特洛盖伊大师，都是虚幻的，你还想被这种虚幻包围着一直睡下去，直到死去吗？”

查格姆闭上眼睛，轻轻地颤抖着。

“或者，醒过来，过完自己的人生？……你要是希望这样，我会告诉你该怎么回去。”

查格姆深吸了一口气，再吐出来。他睁开眼睛，直视着唐达。

唐达微微一笑：

“好！你看，你能看到那条白色的线吗？”

唐达给查格姆指了那条从他额头延伸出来的线，查格姆非常吃惊地看着那条线，说：

“看到了，一直到现在我才注意到。”

“在灵魂的世界里，要是不留意，就什么都看不见。这是咒术的根本。”

唐达笑道：

“这条线就是和你的身体相连的线，顺着这条线，一定能回到你原来的身体中去。只是……”

唐达神情严肃地抓住查格姆的手，说：

“绝对不能回头！一定要记住了，绝对，绝对不能回头！无论你看到什么，听到什么，那些都是花制造的幻觉！听清楚了吧？我们说定了。”

查格姆紧紧地闭上嘴巴，用力点点头。唐达松了一口气，放开了抓着的查格姆的手。

“你回去之后，给我师父带句话，就说，让花飘散的风，会在三天之后，也就是半圆月之夜，从那个世界吹来。要是师父在寻找招魂术的机会的话，那就是最后的机会。”

“我记住了！三天后的半圆月之夜对吧？”

“是的。查格姆，请无论如何都要把这件事情告诉修加，修加可以秘密见到特洛盖伊。听说他是个聪明的人，一定能把这个消息传给师父的。”

查格姆用力点点头。

“太好了！把这件事转达给师父，这样的话，要是能弄清楚连接着两个世界的风吹来的地方，那么师父就容易使用招魂术了。”

听了唐达的话，查格姆突然皱起眉来，说：

“唐达……”

“嗯？”

“我被引到这里的时候，觉得好像看到了奇怪的景色。我在你家地炉旁边做着梦，但是你看，在梦里，地点总是突然改变。在很短的时间里，我觉得好像看到了宫殿。”

“啊，那一定是这里了。我刚刚说过了吧，花开放的地方是荒无人烟的宫殿的中庭。”

“但是，这里和山之离宫真像啊……”

唐达吃惊地看着查格姆说：

“真的吗？这样说来，我也曾经听说，山之离宫是建在湖畔的。”

“实在太像了。一到夏天，我就和母后一起去那里避暑，应该不会错的。而且……”

查格姆的脸上浮现出兴奋的神色，说道：

“我以前听可可鲁学者说过，山之离宫是祖父雅姆尔国王在五十年前建造的，之所以建那个宫殿，是因为刚刚失去王子的二王妃一天夜里做了一个美丽凄婉的梦，为了供奉儿子，她请求雅姆尔国王按照梦里的样子建造了那个宫殿。

“二王妃说，在梦里，她被歌声吸引，顺着青弓川逆流而上，就看到一个群山环绕的美丽湖泊，湖畔有一座宫殿。国王派人去看了，真的有二王妃梦中的湖泊，于是在那里建了山之离宫。”

唐达两眼放光，说道：

“那就没错了。特洛盖伊师父说，当年自己被花邀去的时候，还有许多其他的灵魂也被引了过去，而那些没被守花人看中的灵魂，没能进到宫殿里就回去了。雅姆尔国王的二王妃肯定是那些灵魂中的一个。这要是和师父说的话，师父会有怎样的表情呢？总之，查格姆，你要把这些也告诉修加。”

唐达觉得肩上的担子好像卸下了一点点，叹了一口气说：

“查格姆，没想到你也会被引来。那歌声就那么美妙？”

查格姆不好意思地笑笑，说：

“嗯。只是平常的情歌而已，只是那旋律……怎么说好呢，那旋律就像爪子一样，把自己心里沉睡的东西挠醒了。刚开始听的时候，觉得心里十分痛苦，强迫自己冷静，心情就平静了下来。

“但是，从修加那里听说了你们的情况之后，我回忆起了好多往事，就再也不能控制自己了。”

查格姆向唐达解释，当听修加说起秘密和特洛盖伊会面的时候，自己是什么样的心情。

“我怀着那样的心情睡着了，不知不觉中听到一个女人温柔的声音在呼唤，向那边望去，看到了令人怀念的灯光般的光亮——当我清醒过来，已经在这里了。”

唐达皱起眉头说：

“是女人的声音？”

查格姆点点头，突然身体僵住，转眼间脸色发青：

“……对了，那是大王妃的声音。大王妃在前不久也长睡不醒了。”

唐达突然觉得毛骨悚然，因为他想起了守花人背后那张苍白的女人的脸。

“大王妃自从我皇兄病故，就一直悲伤不已，所以才去了山之离宫。就在六天前，她突然长睡不醒了。”

唐达一边听着查格姆的话，一边陷入了恐惧的思考中。

因为大王妃的儿子病故，所以二王妃的儿子查格姆成了太子。

大王妃并不仅仅是失去了她深爱的儿子，本来她终有一天会成为国王的母亲——这个国家里地位最高的女人。但是这样辉煌的未来，却随着儿子的死突然被夺走。现在的她，只能眼睁睁地看着二王妃的儿子查格姆有朝一日成为国王。

唐达想起了那个躲在守花人身后的女人的强烈意愿——永远沉浸在梦中，不要醒来，还有那种想让别人体味自己痛苦的深深的憎恨……

唐达脸色发青。

突然，花香变得浓郁起来，使人呼吸困难。就在被花香包围的瞬间，查格姆的眼睛突然变得浑浊起来。

不好……刚才的话，大王妃一定都偷听到了。她一定知道我已经发现了真相，才不顾一切想要支配查格姆……唐达暗说不妙。

唐达摩擦双手，努力集中意念，“呼”地长长吐出一口气。他吐出的气变得像白色雾霭一般，转眼间就笼罩住了唐达和查格姆。

唐达用手捧住查格姆的脸颊，向他脸上吹了一口气。查格姆突然感觉像被泼了冷水，吃惊地跳了起来，叫道:

“……哇，这是什么啊？”

查格姆眨眨眼睛，从雾霭的边缘探出身子。唐达伸出双臂，把查格姆紧紧抱在怀里。这时，雾墙外传来痛苦挣扎的呻吟声，那声音拉得长长的，久久回响着。那是一种充满愤怒、令人毛骨悚然的声音。

感觉到有人在推雾墙，但是墙却纹丝不动。

“不用担心，这是我的‘结界’。我是这个花的世界里没有做梦的灵魂。因为在念最后的咒语的时候，我守住了自己的灵魂，所以他们破坏不了我的‘结界’。”

灵魂的力量就是意志力。唐达觉得自己有力量来保护“结界”。

“唐达，发生了什么？刚才那是谁的声音？”

“是大王妃在发怒。她想把你带上，于是就把你引到这里来了，而且正好赶上你处于容易被引诱的状态。……她不想轻易放弃已经到手的你。”

查格姆皱起眉头，说：

“可是大王妃是个温柔亲切的人啊。虽然我不怎么见她，但是知道她是个既美丽又温柔的人，就像一朵纤弱的花。她怎么会做出这种诅咒般的事呢？”

唐达笑了——真是个倔强的孩子，可正是这种时候才能看出，他是个多么善良的孩子。

“是吗？……可是，没有人在受了伤的时候会不怨恨吧。这和内心是不是善良是两码事。而且在梦里，人们的想法也会毫不掩饰地显露出来。

“我并不是说她是个坏人。但是这里，就是让人们把心底最阴暗的一面表现出来的地方。

“还好你在来这里之前就注意到大王妃了，要是你一无所知就被送到这里来的话，一定会中圈套的——大王妃的圈套实在是太巧妙了，连我也不能幸免。”

唐达苦笑着说：

“现在，你能听到她的声音，她却听不到你的声音，也看不到你了。查格姆，好好听着，为了能顺利地从这里逃出去，你必须改变你的模样。变换模样并不是为了要骗过大王妃的眼睛。无论你变成什么，大王妃大概都不会被迷惑。

“之所以要变换模样，是为了最大限度地发挥你灵魂的力量。对于灵魂来说，模样可以展现它的特质。要是变成人的样子，就只能用人的速度奔跑。可如果变成鸟儿的话，就可以拥有鸟儿飞翔的速度了。”

“那要是变成箭呢？”

唐达微笑了一下，说：

“虽然箭在射出去的瞬间速度非常快，但是自身没有飞翔的能力，所以不行。

“现在，我要把你变成一只隼鸟，之后，你要头也不回地一直沿着那条线飞出去！大王妃可能会迷惑你，但是你一定不能回头！”

唐达把手搭在查格姆的肩上，加了一把劲：

“能把你引诱来、困在这里的，是你的心，是因为你的心希望来到这里。对你这样的人，花会施展强大的力量。

“不过，请听好了，只要是灵魂决定回到身体，花就没有强行把它拦下的力量，即使它看起来有力量阻拦，其实并没有。只要你不暴露自己的弱点，就绝对能回去。不要犹豫！要是犹豫的话，你就会被拉回来！”

查格姆表情僵硬：

“被大王妃……拉回来？”

“不……是被你自己的心！”

唐达盯着查格姆说：

“虽然身体在充满活力地呼吸，但是灵魂却在沉睡——甚至期待死亡，这是多么不可思议啊。人为什么会拥有甚至比身体还要强大的灵魂呢？”

查格姆轻轻吸了一口气，声音颤抖地说：

“唐达，这花真是个残酷的生物啊。它竟然诱人入梦，竟然让人有这种想法。……我……不做梦就活不下去！”

唐达紧紧抱住查格姆，查格姆把脸埋在唐达怀里，啜泣起来：

“……唐达，大王妃也很可怜。她一定难过到无法呼吸……却毫无办法。”

“是啊……因为她的梦把你困在了这里，所以成了荒唐的噩梦。要是能永远把你困在这里的话，你就成了她的同伴——当她这么想的时候，她的悲伤就变成了仇恨。

“但那并不是对于你的恨，她是恨自己的命运。她一定在想，为什么是我？！二王妃有你，而你总有一天会成为国王。大王妃实在是太羡慕二王妃了……但是生性善良的大王妃告诫自己，一定不能那样想！然而在梦中，这种仇恨就暴露无遗了。”

唐达在心里说：

而且糟糕的是，这种仇恨正在支配着花……

虽然唐达觉得那个欺骗了自己、利用了自己身体的手法非常精妙，但是他总觉得，有些东西还解释不通：

花拥有被那些引诱来的灵魂支配的特质，能传递生命还真是不容易。以前一定也有人就像大王妃那样，想要封闭这个世界，带上其他的灵魂一起死去吧。

那些被花引诱来的灵魂都是对现实的生活感到绝望、想要逃离的灵魂。要是那些期待死亡的灵魂身上没有守护花的生命的力量，花就不能产下花籽，重复生命，也就早已经消亡了。

唐达摇了摇头——现在还不是想这些的时候：

“总之，一定要尽快把这里从大王妃的噩梦中解救出来。这也是为了那些被困在这里的梦。”

查格姆下定决心，咬了一下嘴唇，点点头。

查格姆的勇气触动了唐达的心，他情不自禁地用双手捧住查格姆的脸，说：

“要是犹豫的话，就想想从前。虽然你和我们没有血缘关系，而且身份也完全不同，但无论是我还是巴尔萨，都把你看成自己的儿子……我们希望你好好地活下去！

“飞翔的力量，就是你期待活下去的力量。无论是痛苦还是黑暗，你都要不顾一切地飞出去！……我和巴尔萨都知道，你拥有这种力量！”

查格姆的眼睛里噙满泪水。唐达拍了拍他的肩膀，把他扶了起来。查格姆一边拼命忍住眼泪，一边问唐达：

“你怎么办呢？”

“我回不去了，因为我的身体被花占据着。”

唐达见查格姆皱起眉头，笑道：

“傻瓜，别这副表情！这是因为我的不成熟而犯的大错误。要是让我师父知道的话，她一定会把我变成乌龟的，因为这错误实在太大了。现在，我正在品尝自己酿下的苦果。”

“……特洛盖伊和巴尔萨一定会帮你的！”

“嗯，虽然很难为情，但是我期待着。”

唐达站起来，恢复了严肃的表情，双手放在查格姆的头顶，说道：

“现在，把眼睛闭上，静下心来。你心里会出现温暖的光。

“感受到了吧？是不是很温暖？这种温热说明你已经在慢慢开始变化了。看，现在双手已经变成翅膀了。

“幻想你就是一只美丽强大的隼鸟。对，就是这样。来，试着扇动翅膀！”

查格姆发出淡黄色的光，慢慢地变成了一只隼鸟。

唐达双手捧起温暖的隼鸟，放飞出去。

“飞吧！一直飞回你的故乡去！感受风拂过你的脸颊，飞吧！”

一刹那，查格姆好像不知所措似的，呼啦啦扇了扇翅膀，然后乘着外面吹来的风奋力飞了起来，烟霭一下子消失在身后。就在感受着微风吹拂脸颊的时候，他听到从背后传来了叫声：

“喂，查格姆，等一下！”

是唐达的声音！就在情不自禁想要回头的危险时刻，他打消了这个念头。即使真是唐达要交代刚才忘说的什么话，自己也不能冒险。

就在这时，烟霭开始形成旋涡，以前看到的光景，都在眼前重现——在约格诺宫殿宽广的大厅里，已经死去的皇兄萨格姆站在戴着象征帝位的皇冠的父皇面前，脸色发红。皇兄踏着白色地毯向前走了一步，父皇把象征着太子身份的标记——用黄吉恩线织成的披肩，披在了皇兄的肩上。吉恩线在午后的阳光里闪闪发光。皇兄露齿一笑。

查格姆的心里掠过一阵刺痛。

他几乎没和哥哥萨格姆说过话，从来没有感受过兄弟之情——现在充满查格姆整个心胸的，是生命的无常。

此时的哥哥，肯定想不到一年之后自己就会离开这个世界。他一定认为自己会作为太子顺利成长，有一天会戴上皇冠。

为什么哥哥会死呢？为什么我要不情愿地做太子？查格姆想，这个世界的命运真是太残酷了。

突然，他听到一个微弱的声音在说：

“为什么萨格姆必须死呢？他一直都希望能成为国王啊……”

查格姆百爪挠心，一阵剧痛。

“为什么盼望活下去的那个孩子死了，而宁可选择死也不愿意当国王的你却活着？要是回到皇宫的话，你又得在那个冰冷的地方，过着毫无乐趣的日子。那样的生活，会有什么未来呢？”

翅膀仿佛灌了铅一样，变得沉重起来。

确实，即使回去的话，等待他的也不会是快乐的生活。这样一想，一种无法忍受的疲劳袭来。要是能停下翅膀好好睡一觉，该多好啊。这样的话，也许能稍稍安慰大王妃的哀伤吧，她对自己的恨，也会消失吧……

这时，来自东边的风变大了，吹拂着查格姆的脸颊。

突然，唐达那爽朗的声音在耳边回响，声音大得惊人：“要是犹豫的话，就想想从前。虽然你和我们没有血缘关系，而且身份也完全不同，但是无论是我还是巴尔萨，都把你看成自己的儿子……我们希望你好好地活下去！”

查格姆好像感觉到唐达在耳边低语：“飞翔的力量，就是你期待活下去的力量。无论是痛苦还是黑暗，你都要不顾一切地飞出去！……我和巴尔萨都知道，你拥有这种力量！”

查格姆眼前突然出现了巴尔萨的身姿——她面对着怪物拉鲁卡，手持长枪，用身体保护着自己。虽然自己不是她的儿子，但是她却豁出性命保护自己。那种强大……

巴尔萨被剥夺了太多的东西，父母、正常的人生……但是，巴尔萨一定不会像这样逃到梦中——就算她想逃，也绝对不会逃！查格姆对自己说。

查格姆的心底升起了炽热的力量。他用力扇动翅膀，感觉到自己的身体在御风飞翔。他第一次觉得生命的珍贵——那不知什么时候就会被夺走的脆弱生命！

查格姆的眼前出现了以前做精灵守护者时所看到的清澈宽广的景色。那是一个生命自由自在的世界，静静的山川一览无余……

突然，他的身体变得轻快起来。查格姆追随着那淡淡发光的线，一直飞着，终于，他被炫目的光亮包围起来……

查格姆就像从梦中弹起一样一跃而起，在正午之前明亮的阳光中喘着气。触摸着丝绸被褥，查格姆意识到自己已经从梦中醒过来了。他的心脏在猛烈地跳动着……

“真是一个奇妙的梦……唐达的话简直太真实了。”查格姆自言自语。

门外传来茶碗掉到地上的“咣当”声，查格姆转过头去。门口站着照顾他的年轻侍从。

“拉萨姆，怎么了？”

“殿……殿下……”

话音刚落，拉萨姆迅速地往门外跑，一边跑一边喊：

“殿下醒过来啦！”

直到侍从和御医回来，查格姆才知道，自己已经足足睡了三天。就在这时，久睡的大王妃、和修加的对话，以及和唐达的对话，一下子涌上了心头。

“糟糕！快去把修加找来！”

看到侍从惊讶地看着自己的脸，查格姆急忙更正道：

“叫观星博士修加，有十万火急的事！让他马上过来！”

3

密会

修加像往常一样，拂晓时分从“万全屋”的窗户潜了进去。听托亚说特洛盖伊还没来，他皱起了眉头。

“真奇怪。特洛盖伊大师说过，即使是白跑一趟，她也会每天来一趟的。”

“是啊，她跟我也这么说过……是不是有什么事啊？”

“怎么办呢，你知道大师的住处吗？”

“知道个大概，但是不知道准确的地点。要是问一下那附近的村民，他们肯定知道，听说从这儿要走一小时的山路。当然，我会陪着你去，给你做向导……去吗？”

修加表情凝重，陷入了沉思。单是大清早溜出来见特洛盖伊就已经非常危险了。一个半小时后，商量昨天晚上观星结果的晨会即将开始。要是到那个时候被发现不在星宫的话，他肯定会被询问去了哪里。

太子查格姆醒来后，修加一直在想——有没有必要冒着被逐出师门的危险，去救出那些被花困住的人？现在，距太子所说的花散落的夜晚，还有两天时间。

“……没办法，那我明天再来吧。你先带个口信……”

就在这时，从小巷里传来了平时很少听到的马蹄声，有人骑马疾驰而来。修加和托亚对视一眼，慌忙藏进隐蔽的屋子里。

马儿停在“万全屋”门前。修加屏气凝神仔细一听，是暗示特洛盖伊到来的敲门声。

接着传来托亚的惊呼：

“巴尔萨？！”

“不好意思，托亚，马儿就拜托你照顾了。观星博士修加来了吗？”

修加皱了皱眉头，马上打开隐蔽门，放下梯子说：

“我在这儿呢，上来吧。”

梯子下面出现一个女人。修加觉得她抬头看过来的目光就像白刃一样锐利，不禁紧张了一下。女人转眼间已经登上梯子。

“初次见面，我是巴尔萨。特洛盖伊大师来不了，我替她来了。很抱歉，事出紧急，就长话短说吧。”

巴尔萨把唐达被变成了守花人、尤格诺的因果、设“结界”的特洛盖伊没法过来等情况一一告诉了修加。

“我听说查格姆也被引诱到梦里去了，现在有什么进展吗？”

见巴尔萨这么担心地问，修加微微一笑：

“有！这就是我十万火急想见特洛盖伊大师的原因。大好消息，太子殿下，醒过来了！”

“醒过来了？太好了！”

“他是昨天中午醒过来的，说有特别重要的事要告诉特洛盖伊大师。他说，后天，也就是半圆月之夜，那个世界和这个世界就会连接在一起，当风吹进来的时候，花就会飘散。要是特洛盖伊想要用咒术去救那些灵魂的话，那个时候就是最后的机会。他还说，花开放的地方很有可能就是山之离宫旁边的湖。”

巴尔萨的表情一下松弛下来：

“太好了！不愧是查格姆！真是个内心强大的孩子，我就知道他一定能回来的！”

修加突然想起了太子在提到这个女保镖时的表情。

“是啊，殿下是个坚强的人。不过殿下说，要是没有你刚才说的被迫变成了守花人的唐达的帮助，他肯定回不来。”

巴尔萨的脸上闪现出喜悦的神色，问道：

“你说是唐达帮了他？那么也就是说，唐达只是被控制了身体，灵魂还是留在那儿了！特洛盖伊还说唐达的灵魂也被花控制了呢。”

“没有，他的灵魂还是以前的唐达。关于最后的夜晚的消息，也是唐达让转告特洛盖伊大师的。只是他说，他没有办法回来……”

修加把查格姆说的每个信息都完整地告诉了巴尔萨。当听到关于大王妃的消息时，巴尔萨睁大了眼睛：

“是吗？怪不得……”

修加惊讶地看着巴尔萨。巴尔萨继续说：

“特洛盖伊大师也觉得很奇怪，花为什么要让唐达变成守花人去追尤格诺？他和花的天性一点都不相符……”

“原来如此……当我听到唐达说，灵魂是根据想法来改变模样的，而模样也是灵魂的表现的时候，就觉得很有意思……”

修加两眼放光地说着，可是巴尔萨却对这些完全没有兴趣，她一边心不在焉地点着头，一边在想别的事。

当修加说完，巴尔萨换了个话题：

“修加，你能联系上那个密探——晋吗？”

所谓密探，就是专为国王做暗杀之类见不得光的事的人。作为贴身侍卫，守卫在国王身边的只有八个人，他们世代相传，从出生开始就是密探。

虽然他们的存在是秘密，但是一年前，巴尔萨为了救查格姆曾和他们进行过生死决斗，而修加是圣导师最得力的助手，所以他也知道他们。

这个叫晋的密探，当时在一场乱战中，被唐达救了一命。为了报恩，他曾说过，以后要报答唐达。他是个头脑灵活又有本事的男人。

“我想能设法联系到他……可是，为什么要找他呢？”

“我刚才说过，唐达已经变成守花人了。那家伙现在非常恐怖，动作像狼一样，还有惊人的力量，普通练武之人绝不是他的对手。”

修加点点头。巴尔萨继续说：

“只是，特洛盖伊大师为了救助那些被花困住的灵魂要使用招魂术，所以我必须保护师父，带她去山之离宫。守花人的攻击目标是尤格诺，我可以带着尤格诺逃跑，让特洛盖伊大师自己去湖边，但是又不能保证特洛盖伊大师不会受到攻击，所以最稳妥的办法是我保护他们两个去湖边。

“这样一来，我需要另外一个人的帮助，哪怕只是短时间内阻止守花人也好。”

巴尔萨那干净利落的说话方式，再次使修加明白，眼前这个女保镖非等闲之辈。

“只是问题在于，别说是杀了他，我甚至不愿意让他昏厥。……而且，可能的话，我不想让唐达受伤。既然他的灵魂还活着，就更不能伤害到他了。”

巴尔萨黯然神伤，继续说：

“我叫醒了租马铺的老板，借了一匹马赶过来，因为我不知道特洛盖伊大师的‘结界’可以坚持到什么时候。”

“所以，你想让晋……”

“对。唐达对他有救命之恩，而且他很有本事。要是他能来，大概可以代替我暂时制伏唐达。

“我会去借两匹马，拴在亚锡罗村村口。等晋来了之后，我护卫特洛盖伊大师和尤格诺，骑马去山之离宫。等到了那里，让特洛盖伊大师再布下‘结界’就行了。”

修加紧张地听着巴尔萨的计划，插了一句：

“巴尔萨，这个计划里有几个问题……”

巴尔萨点点头，说：

“首先，晋是正式的贴身侍卫，没有国王的允许，他是不能离开自己的岗位的。而且，我们不知道那天晚上会发生些什么，为了周全，也许要让山之离宫里的人避难，这也需要国王的允许。”

“的确如此……”修加微微苦笑了一下，说，“还有，我和特洛盖伊大师联系这件事，是个绝对的秘密。如果被发现的话，我会立即被逐出师门。虽说现在的圣导师是个心胸开阔、品格优秀的人，可他大概也不会救我。”

巴尔萨目光如箭，盯着修加说：

“你不愿冒险，怕暴露了自己知道这个计划，得去解释，对吧？”

修加毫不畏惧，直视着巴尔萨的目光，说：

“要是殿下仍被困在梦中，我宁可冒被逐出师门的危险，但现在，我想让自己置身危险之外。”

巴尔萨知道，这个眉清目秀的年轻人不好对付。

“真是个诚实的人啊。”巴尔萨突然笑了，“但是形势对你不利呀，我什么时候都可能把你和特洛盖伊大师有联系这件事说出去，为了救唐达，什么不光彩的事我都做得出来。”

许久，两个人目光对峙。终于，修加躲开巴尔萨的视线，说：

“……这样啊。看样子是我比较吃亏。我会设法想一个我既不会被逐出师门，又能让计划成功的办法。”

巴尔萨点点头，站起身来，说：

“谢谢你，我会给你一张去我们家的地图。”

刚一说完，巴尔萨好像突然想到了什么，抬头看着修加。修加也同时开口了，两个人异口同声道：

“让太子殿下……”

“让查格姆说个谎怎么样？”

修加笑了：

“比如，就说是有人托梦告诉他之类的，只要编个说法……”

“他是个聪明的孩子，肯定知道怎么做。”

“回去的路上我好好想想吧。顺利的话，明天早上，晋就能到那边了。”

“祈祷一切顺利吧——为了彼此。”

修加苦笑了一下，巴尔萨也回了一个微笑。

正午过后，修加以被太子召唤为名，没有去参加天象观测。平时教授“天道”的房间里只有修加和查格姆两个人，修加附在查格姆的耳边，小声说起他和巴尔萨的谈话内容。

“巴尔萨！你见到了巴尔萨？！”

查格姆的眼睛一下子变得有神起来。

“是的，和殿下说的一样，是个可怕的女人。”

查格姆不由得大笑起来，但马上就止住笑，问道：

“巴尔萨要我演出戏对吧？为了骗过父皇。”

修加点点头，说：

“要点有两个：送密探晋去帮助巴尔萨，还有，把山之离宫里的人清空——还不能让别人知道这是特洛盖伊和巴尔萨他们这些平民的指示。”

从查格姆的眼神看起来，他似乎觉得很有趣，他说：

“所以，要把这些都说成是我在梦中知道的。这样的话，最好的办法就是把曾梦见过山之离宫的雅姆尔国王的二王妃搬出来。”

修加的表情放松下来：

“殿下，我也是这么想的。”

于是，修加把声音压得更低，把自己编好的故事告诉了查格姆。查格姆一脸认真，一边听一边点头，最后用力点点头说：

“明白了，交给我吧！骗过父皇易如反掌！”

修加担心地说：

“殿下，千万别小瞧了国王，他是个可怕的人——一个敏锐得吓人的人！”

查格姆的眼里掠过一丝暗淡的光：

“我难道不知道吗？我可是那个差点儿被他杀死的儿子！”

“我只是以防万一，而且，国王在下命令之前，一定会和圣导师商量的。我们的对手是这个国家最厉害的两个人——国王和圣导师，请牢记这一点！”

“我记住了！要是这么一点儿小事都办不好的话，我回来就没有意义了！”

查格姆的脸上浮现出无所畏惧的笑……

查格姆的策略

约格宫是一个背靠北方、东西延伸开来的台形宫殿。宫殿中央叫作帝道，只有那些被允许去拜见国王的人才可以行走。

在帝道的最南边，也就是最接近街道的地方，有一间巨大的拜见室，是贵族们拜见国王的地方。最里面是国王的寝宫，只有王族和圣导师才可以进去。

现在，在寝宫的起居室里，有三个人影。打磨得光滑无比的白木地板上，铺着最上等的白色兽毛织成的地毯。

国王坐在镶嵌着夜光贝壳的涂漆椅子上，太子查格姆坐在地毯上的矮椅上，正对着国王。

在查格姆的斜后方，刚从山之离宫大王妃那里被召回来的圣导师坐在地毯上。

对于查格姆来说，比起眼前的国王，背后看不到的圣导师的目光更让他觉得犹如芒刺。圣导师多適不像个观星博士，倒更像个练武之人，宽肩高个儿，因为上了年纪，眉毛和胡子已经雪白，但炯炯有神的眼睛里，透着长年居于高位的威严。

查格姆隐隐约约觉察到——一年前，就是这个人制订了暗杀自己的计划；后来又妥协救了自己的，也是他。

国王开口说道：

“查格姆，当我听说你久睡不醒的时候，很是担心……你没什么事，真是太好了。”

查格姆双手放在膝盖上，深深鞠了一躬之后，抬起头说：

“有劳父皇挂念了。”

“嗯……听说你有话想对我说？”

查格姆看着国王的眼睛。他感觉到，虽然国王没有任何表情，但是在眼睛的深处，却有着一丝警戒。

“是的，父皇，还有圣导师，我想我必须解释一下我为什么会醒不过来。说不定，这能帮助还在长睡的大王妃。”

“一定不能说肯定能救大王妃之类的话！”修加的声音在耳边回响，“因为说大王妃留在梦里，这会对你不利。”

“是吗？这事很重要……你说来听听。”

“是，父皇。那天晚上我做了一个非常奇怪的梦，也许是我临睡之前想着山之离宫的缘故……

“在淡青色的光中，一个女人站在那里，向我招手。我朝她走去，她说，她是雅姆尔国王的二王妃。”

国王皱了皱眉头，查格姆毫不理会，继续说道：

“我明白我是在做梦，但那个梦实在令人印象太深刻了。

“那个自称是雅姆尔国王二王妃的女人对我说了很奇怪的话。她对我说，一定不能忘了梦里的事情，要我把这些话告诉父皇您。

“雅姆尔国王的二王妃是这样说的……”

查格姆调整了一下呼吸，伸直了背，开始讲述：

“我梦到了在清澈的湖畔，矗立着一座用白木搭建的宫殿。在那个宫殿里，住着任何人都不知道的尊贵的人们。

“‘这些贵人的首都千年以来一直都繁荣富贵，但是如今好像到了日暮时分，开始衰败。贵人们给我唱了一首歌，唱出了千年的兴衰和最后的梦——我们变成了花，孕育着梦，直到从你的世界吹来的风把花吹散。请在湖畔建造一幢宫殿，使我们的梦开放。如果不这样做的话，我们就要带走你儿子的灵魂。

“‘听了那首歌之后，我就建造了山之离宫。所以，当我死去之后，我就和那些贵人一起，在湖畔的宫殿中，变成了花，做着梦。

“‘但是，我的孙儿，你要仔细听好。这花是能引诱梦境的花，因为它能让那些寂寞的灵魂做无比美好的梦，所以，失去太子的王妃现在正被困在花的梦里。

“‘我的孙儿，你要仔细听好。现在，花飘散的时候马上就要到了。下一个半圆月之夜，就是它幻灭的时候。

“‘那个夜晚，这个世界和你的那个世界之间会有通道，如果山之离宫里有人的话，那么，他们可能就会被幻灭之梦引诱。

“‘我的孙儿，在那天晚上，只留下被梦困住的王妃，让其他人都离开山之离宫吧。

“‘而且，只有梦到我们的你，才可以在幻灭之前，把这些转告出去。你站在湖畔作为路标，那些被困在梦里的可怜灵魂也许可以回去。’”

一口气说了这么多，查格姆喘了口气。国王盯着查格姆，说道：

“真是个荒谬绝伦、不可思议的梦……你把这一切都记住了？梦能够记得这么清楚吗？”

“这也正是我觉得这并不只是个梦的原因。如同耳朵里有歌声鸣唱一样，这些话到现在还在我的身体里回荡着呢。”

听查格姆这么说，国王扭过身子：

“也就是说，你相信这个梦，希望在半圆月之夜到来的时候，山之离宫里没有人？”

查格姆垂下眼帘说：

“是的……我知道要是相信梦，照着去做，可能会被人取笑，但是因为事关大王妃，所以我想，要是父皇和圣导师同意的话……”

屋里陷入了沉默。国王看了一眼查格姆身后的圣导师。

“没有必要把一切都说出来。”背后传来圣导师厚重的声音。

查格姆身体发僵。

“考虑到万一，国王要是也同意的话，那就把山之离宫清空吧。我会负责保护大王妃的身体。”圣导师继续说。

国王站起身来说：

“也就是说，你相信查格姆的梦？”

“话说回来，梦终究是梦。但是大王妃现在还没醒过来也是事实，而太子殿下昨天才醒过来也是事实。所以很自然地，我认为，在这奇怪的睡眠中所做的梦一定意味着什么。”

查格姆心里松了一口气。

圣导师用含着轻笑的声音接着说：

“但问题是，查格姆殿下说，他那天晚上必须待在湖边。”

国王用力点点头，说：

“是啊，不知道会发生什么危险的地方，太子还是不要去了。”

查格姆一个劲儿地提醒自己——不能着急，不能着急，然后开口说：

“可是父皇，只有我才知道那个梦，才知道那些贵人的哀伤。我曾被困在梦里，却平安回来了，也许只有我才能成为路标。就这一次，请您原谅我的狂妄自大。”

国王眼里闪过锐利的光：

“要是你能意识到自己是太子的话，就不会说这样的话了！”

心脏猛烈地跳动着，查格姆低着头，抱着就此一搏的决心，说道：

“……我是因为皇兄死了才能成为太子的。大王妃失去了儿子，我才能成为太子。我一直因为这个难受……

“父皇，不是别人，恰恰是我做了这个梦，我想，这里面一定有什么原因。就让我表达一下对大王妃的歉意和感谢吧，只有这样，我才能接受自己是太子这一事实。

“密探的首领要守护在父皇身边，但要是由晋他们保护我的话，肯定不会发生什么危险。求您了……”

国王表情凝重地看着圣导师，圣导师的脸上微微现出饶有兴趣的神色。

“太子殿下醒来之后，好像有了点儿变化呀。”圣导师声音沉稳，“国王，您是怎么想的？我觉得这是向着好的方向变化。”

“是吗……”

国王盯着查格姆的眼里掠过一道光，那不是父亲看儿子的目光。以前，查格姆非常讨厌父皇的这种目光。但是很奇怪，现在却没有出现那种心情。原来自己的心已经离父亲如此遥远了。

查格姆突然想，等自己成了国王的时候，会用什么样的目光看着自己的儿子呢？

“好吧。你想为兄长祈福的心情我也不是不了解。而你被困在睡眠中，一直没醒来也是事实。那密探就交给你，由你指挥吧。”

在书房，当查格姆把刚才的经过告诉修加之后，修加瞪大了眼睛：

“什么？！殿下，你为什么要擅自加入那些话啊？”

查格姆微笑道：

“加上这样一个额外的好处不是很好吗？我无论如何都想再见到大家一次。而且，我也想亲眼看到事情的结局。”

修加暗自骂着自己。他应该事先就预料到，凭这个少年的性格和能力，一定会这么自作主张地计划并实行。

但他还是控制不住，气愤地说：

“殿下，那天晚上山之离宫将会发生什么，谁也不能预料！就算密探和巴尔萨都在，也不知道他们是不是能保护殿下……”

查格姆缩了缩肩膀，说：

“那时候……”

刚要开口，查格姆就把后面的话咽了回去，外面响起了敲门声。

“是谁呀？”

听到门口传来的回答，两个人顿时僵住了。

“是我，多適。我有话对太子殿下说，很抱歉，就这么擅自来了。”

查格姆深吸一口气，答道：

“进来吧。”

圣导师没有带一个侍从，自己打开门走了进来，微微鞠了一躬之后，坐在了太子指给他的椅子上。他好像完全没有因为看到修加也在这里而感到惊讶。

他看着查格姆，连开场白都没有，直接说道：

“殿下，我是来问您，刚才您所说的，哪些是事实，哪些是编出来的呢？”

查格姆表情僵住，可是很快就平静下来，瞪着圣导师说：

“什么意思？我说的都是事实！”

“是吗？我可不这么觉得——特别是殿下自己想为那些被困住的灵魂做路标这一段。”

圣导师微笑道：

“怎么听都像是殿下为了自己方便而编出来的假话。”

查格姆觉得自己的心脏简直要蹦出来了：

冷静！冷静！就算是圣导师，也不可能知道一切！冷静，一定要冷静！

查格姆无力地低下头，苦笑着对圣导师说：

“是吗？……不愧是圣导师啊。”

修加看起来面不改色，心里却几乎要叫出来。他看着查格姆的冒险。

“您大概会理解，有些话我不能跟父皇说。我相信您，把一切都说出来，请您告诉我是不是错了。”

圣导师面无表情地点点头。

“大概您也觉察到了，我非常厌倦这种必须做太子的人生。要是可以的话，我不想做什么太子，只想过平民的日子。

“关于花把人困在梦里的事情是真的。花困住那些像我一样想要逃离眼前人生的人，给他们想要的梦。大王妃被困住当然也是真的。不仅如此，我还看到很多人被困在了花里。”

要是怀疑那你就怀疑吧——查格姆以这样的目光盯着圣导师。圣导师依然面无表情。查格姆继续说：

“花飘散的夜晚即将来临，这也是真的。那个时候在山之离宫一定会发生什么奇怪的事情。所以我才想把那里清空。

“但是，关于雅姆尔国王二王妃的话是编出来的。把我从梦中救出来，告诉我发生了什么的，是唐达。”

圣导师的表情第一次有了变化：

“唐达？”

“嗯。就是一年前救了我的咒术师特洛盖伊的弟子。”

查格姆没有泄露修加的秘密，把一切都说成是从唐达那里听来的。

查格姆苦笑道：

“您明白了吧？我为什么不能把一切都告诉父皇。”

圣导师挺直了背脊，说：

“原来如此……那殿下说那天晚上必须亲自去湖边，又是怎么回事？”

“那也是假的。唐达说，让特洛盖伊大师用招魂术，就能救出那些被花困住的灵魂。但那个负责守护花的怪物会攻击特洛盖伊。所以，为了保护特洛盖伊，我想到了密探……说必须由我站在湖畔做路标，是我编的。”

查格姆看了修加一眼，然后又看着圣导师，说：

“我下定决心要了结一切，我想用自己的眼睛见证那天晚上会发生什么，我想知道那些被美梦困住的灵魂是不是真的能回来……是不是真的能重生。”

圣导师依然严肃地盯着查格姆，冷冰冰地说：

“殿下应该知道，对于您来说，只有一条路可走。国王现在还年轻，以后很有可能让他的妃子生下儿子。即使没有再生下男孩，还有三宫的公主呢。也就是说，即使没有殿下，这个国家的继承者也不会断绝。

“但是，对于做了太子的殿下来说，生存之道只有一条：太子就是将来的国王。中途遭受挫折没能成为国王的，原因无外乎疾病或事故导致死亡。不想成为国王的太子，在这个世界上是不应该存在的。”

圣导师说得非常直白，查格姆和修加都一言不发地看着他。

“那天晚上您还要去湖畔吗？”

查格姆平静地说：

“去。……不去的话，总有一天会是因为疾病或事故而死的命运。”

圣导师微微一笑，说：

“明白了。国王那儿就照您编的说。到时候派密探守卫殿下。”

圣导师站起来，修加开口道：

“圣导师，明天晚上，我可以陪在殿下身边吗？”

圣导师俯视着修加：

“可以。你要保护好殿下！”

等圣导师走出房间，脚步声渐行渐远，直到最终消失，修加小声说：

“殿下，我从心里感谢您。我一辈子都不会忘记您保护了我。”

“这下子，密探晋也能去巴尔萨身边了。只是……”

查格姆毫无血色的脸上浮现出一丝苦笑：

“要是我想要和巴尔萨一起逃走的话，密探们的刀会朝我砍来。”

第四章

花之夜

挂在天空的是一轮美丽的半圆月。可是映照在湖里的，却是一轮接近满月的圆月。而且，就在人们凝视着它的时候，月亮眼看着越来越圆，更加接近满月——就像窗子在自动开启……

在月亮完全变成圆月的瞬间，传来了尖厉的声音。那口哨般的声音逐渐变得高亢起来，巴尔萨觉得皮肤上有一种奇怪的感觉。

1

密探晋的约定

正午前。

蜷缩着睡在火炉旁的特洛盖伊轻轻地动了动身体，与此同时，手持长枪的巴尔萨也睁开眼向窗口望去。特洛盖伊起身小声说：

“……有人穿越了‘结界’。”

巴尔萨站起身来，手握长枪，打开门。

一个男人站在满是朝露的草地上。褐色的裤子，腿上绑着护膝，剑带上挂着一柄毫无装饰的双刃剑。他长着一张常见的士兵脸，毫不起眼，全副武装。

“好久不见了啊，长枪手巴尔萨。”

巴尔萨微微一笑，说：

“太好了，你总算来了，晋君。”

“‘君’就不要了吧，叫我晋就行。”

密探晋扬起眉毛，轻松地说：

“那个时候我就知道这个隐蔽的地方……不过，当时我被你打得落花流水，都已经奄奄一息了，无论如何也追不上你。”

两个人相视一笑。

晋环顾四周，转向西侧树林的方向，眉头一皱说：

“果然有很奇怪的感觉，像有野兽。”

巴尔萨点点头，把晋引进家门。特洛盖伊和晋是熟人了，可尤格诺是初次见面，他满脸困惑地和晋打了招呼。听巴尔萨说过，晋武艺高强，尤格诺大概把他想象成故事中的彪形大汉了。

焦急的巴尔萨马上就进入了正题：

“拜托当公差的你真是过意不去，但现在只能依靠你了。”

“嗯。事情的大概我已经听修加大人说过了。真的难以相信一向稳重的唐达竟然变成了这样……和一个既不能杀，又要尽可能不伤着他的怪物决斗，还要尽可能地拖延时间，这还真是有点儿棘手啊。”

“而且，他好像完全感觉不到疼痛。右肩关节脱臼后，他竟然用左手猛打我的脸。”

晋的嘴角露出一丝浅笑：

“看来，事情好像很严重呀。唐达对我有恩，只要是我能做的，我会尽量去做。”

巴尔萨深深鞠了一躬，说道：

“谢谢你了。”

“不用客气。既然他变成了野兽的样子，干脆，就像捕兽那样，用网啊，绳啊之类的把他捆起来怎么样？”

巴尔萨一脸担心，说道：

“开始的时候我也这么想……但怪物只是把唐达的身体当作工具。

所以，要是被绳子捆住的话，他会拼命磨自己的皮肉……甚至骨头，奋力逃跑。这样的话怎么制止他呢？无法和他用语言沟通，而且他也不会昏厥。即使用网捉住了他，他也会反抗个不停，直到唐达的身体垮掉。要是那样的话，唐达就撑不到晚上了……”

晋神色沉重：

“原来如此。”

巴尔萨好像要甩掉什么不祥的预感似的，轻轻摇了摇头，说：

“要是我们能争取时间先赶到湖边，怪物就会追赶而来，这样才能保护唐达的身体。所以才请你来帮忙。”

“明白了。”

晋点点头，突然又想起了什么，补充说：

“对了，差点儿忘了。今天晚上太子殿下也会去湖边。”

“什么？！”

巴尔萨和特洛盖伊吃惊地睁大了眼睛。巴尔萨咂舌道：

“我明白他的心情，可是这也太危险了吧！为什么不制止他呢？”

晋安慰说：

“密探里的冉和永两个人守在殿下身边，所以，殿下一定不会有什么意外的。”

巴尔萨和特洛盖伊对视一眼——她们担心的并不是他的身体，而是他的灵魂。事到如今，跟晋说也没用。巴尔萨越发烦恼，长叹了一口气。

晋好像要一扫空气中的沉闷气氛，果断地说：

“总之，我就是要尽可能长时间地拖住那个守花人。除此之外的事，现在担心也没用。”

巴尔萨做好一切准备，要去开门时，回过头去看了晋一眼。然而，她只是轻轻吸了口气，什么都没说。

看到巴尔萨的表情，晋很吃惊。

要是自己有分身之术就好了——巴尔萨一定是这样想的。虽然担心唐达有可能被晋弄伤，但面对接下来必须背水一战的晋，巴尔萨没再说什么。

晋不禁一把抓住巴尔萨的手腕：

“要是实在没有办法控制住的话，我就冲着唐达的左腿，而且是他的骨头……你明白了吗？”

晋在巴尔萨的面前解下腰上的剑带，用带子把剑鞘和剑柄绑成十字，以此来表示他绝对不会把刀从鞘里抽出来。

巴尔萨满怀感谢地看着晋，小声说：

“这次我算是借了你的命，总有一天我会报答的。”

晋笑道：

“别开玩笑了。你可别忘了，这是我在报恩。要是连你都被卷进施恩报恩，那事情就太复杂了……好了，看样子都准备好了，出发吧！”

第一个走出来的是晋，紧接着是巴尔萨，然后是特洛盖伊，当尤格诺最后一个来到草地上的时候，所有人都感觉到一股强烈的气息从西边的树林上方奔涌过来。

“我要打开‘结界’了啊。”

特洛盖伊小声说。巴尔萨和晋把尤格诺护在中间，站了起来。尤格诺的脸上全无血色，一动不动地盯着树林。

特洛盖伊紧闭双眼，双手合十放在胸前，集中精力，一下子打开了“结界”。

就在此时，一道黑影就像离弦的箭一样，从树枝上方直接朝尤格诺袭来。

晋急忙挥动手里的剑，随着“扑通”一声，被剑鞘击中侧腹的守花人摔在地上。

“快走！”

在晋喊出来之前，巴尔萨已经抓住极度恐惧的尤格诺跑了出去，头都没回。

受了晋的这一击，要是常人的话，该呼吸困难、无法动弹了。但是守花人好像完全没有感觉到疼痛，一下子就站了起来。他那被巴尔萨弄脱臼的右肩，好像已经自己正回去了。

……原来如此。这家伙不是人类！

和守花人对视的瞬间，晋觉得心里一阵发凉。那确实是唐达的脸，可是唐达稳重的面容却不见了……

当晋看到守花人弯下膝盖，顿时明白了他是想越过自己去追尤格诺。

下一个瞬间，晋奋力抓住了轻而易举跳过自己头顶的守花人的脚踝。守花人顺势被拉着，摔倒在地上。

守花人想用右脚踢掉晋那只抓住他左脚踝的手。晋在被踢到之前，放开了他的脚踝，从地上一个打挺跳了起来。

但守花人跳得更快一步，他完全不管晋，朝尤格诺远去的方向飞奔出去。

晋握住带鞘的剑，朝守花人投了出去。剑正好击中守花人的腿，他倒了下来。

晋朝守花人猛扑过去，干净利落地把两个手腕穿过守花人的腋下，十指交错反压在后脑上。这样一来，就牢牢控制住了对手双肩与头部之间的关节，不仅使他无法动弹，而且只要晋稍一用力，他的脖子就会断裂。

晋把自己身体的重量压在守花人身上，心想，这样就算捉住他了，只要尽可能长时间地保持这个姿势就行了。要是按住他的双脚，把他的双手双脚都紧紧缠住的话，只要持续用力，就能控制住他。

晋和巴尔萨一样，从小就开始接受严格的实战训练，等到真正精通武术之后，连自己的体重都能够控制在一定的范围之内。晋并不是什么彪形大汉，但是他能利用重心下落的方法和呼吸法，使自己身体的重量重于任何大汉。迄今为止，只要被他控制住，还没有谁能从他手里逃出去，对此他有百分之百的自信。

因此，当守花人开始在他身下转动身体的时候，晋感觉心底涌出一阵寒气。守花人已经开始把手腕向脊背方向弯曲了。听着他手腕的骨头发出咯吱咯吱的声音，晋的后背渗出了冷汗：

这家伙是想把自己的两个手腕折断……

他是想把被紧紧控制住的手腕弄断，从晋手里逃出去。守花人只不过是把唐达的身体当作工具——巴尔萨的话又在晋耳边响起。折断手腕也好，被砍也好，只要生命还在继续，他就会继续去追尤格诺。

现在，晋深切感受到了可怕。

晋转瞬间放开了守花人的手腕，朝他膝盖内侧踢去。随着膝盖摇晃着发出“咔嚓”一声，守花人摔倒在地上。晋跨过他的双腿，使他双膝外侧跪地，再用自己的小腿压住他的双膝内侧。接着，晋用右手压住他的后脑勺，这样他的头就不能动弹了。

守花人猛地抓住了晋压住他脑袋的右手，晋用左掌狠劈他的双手。可是，守花人用可怕的力量想从压在自己身上的晋身下逃出来，一刻不停地挣扎。

晋的额头上渗出了汗水。他不知道从战斗开始已经过了多长时间。在很长一段时间内，晋都在拼命按住守花人，持续招架着守花人袭击过来的手。僵持许久，晋感到累了，有一瞬间松懈了力气。

就在这一瞬间，守花人用右手指甲抓伤了晋的右腕，火辣辣的疼痛让晋不由自主地用左手去按压伤口。这时，守花人的身体像蛇一样跳了起来，晋一下子被摔在地上。

守花人刚一站起身，就朝着晋袭击过来。他已经明白，要想追尤格诺，必须先制伏眼前这个男人。

那并不是人类的战斗方法。他像野兽一样，想用爪子和牙齿撕碎晋。他用手迅速去抓晋的脸，晋好不容易闪过脸去，左眼角却被他的手抓伤了。鲜血流进晋的左眼，眼前一片模糊。当晋意识到守花人正冲自己咽喉下手的时候，已经来不及还手。

晋一边大叫着，一边用尽全力地用右拳猛打向他靠近、想要扼住他喉咙的守花人的下巴。守花人退了一步，晋又一次用拳头猛击他的咽喉。

守花人挣脱开身体，晋用肩膀冲撞，把他推倒在地，用手掌狠劈他的左脚踝。晋的手感觉到守花人的骨头在断裂。

就在晋想着“成了”的瞬间，守花人用右手猛劈晋的脸颊，那攻击就像棍棒一般猛烈。晋好不容易躲过了要害，却被踢飞到一边，在摔到地上之前失去了知觉。

守花人想要站起来，才注意到自己的左脚已经使不上力气了。他在地上坐了一会儿，摸着自己的左脚，接着就趴在地上，开始用双手和一只脚往前跑。让人惊讶的是，即使是这副样子，他的速度和正常人的奔跑速度也没什么两样。

变成守花人的唐达朝着尤格诺消失的方向追去，转眼间就不见了踪影。

山之湖

当下午的太阳开始西斜的时候，巴尔萨他们停下了马。巴尔萨先从马上下来，再把坐在自己前面的特洛盖伊抱下马。

“啊啊，累死了，累死了。”

特洛盖伊一边嘟囔着，一边伸了伸酸痛的腰。

尤格诺连滚带爬地从马上下来，跌坐在地上。以前有两三次，尤格诺给有钱人唱完歌回来的时候也骑过别人的马，可这次是自己独骑一匹马，而且是跟在骑快马的巴尔萨的后面，这是完全不同的体验。他膝盖的内侧已经蹭破了皮，双腿发抖，几乎站立不住。

“没事吧？”

巴尔萨蹲下来，盯着尤格诺惨白的脸。尤格诺一边揉着痉挛的脚，一边点头。巴尔萨把手放到尤格诺的肩膀上，说：

“休息会儿吧，马也只能跑成这样了，靠人的脚力大概是追不上了。”

从唐达家出来，从亚锡罗村骑上马之后，已经过了将近五个小时。他们从亚锡罗村出发，到了青弓川，渡过浅滩之后，沿着伐木工人修建的运木头的山路，一直向山之离宫前进。

巴尔萨下马的地方叫驮马水场，是伐木工人为了让马休息而开辟的一块水场。从这里开始，运送木材的道路转向北边，不能通往山之离宫那边，因为前面是禁止狩猎和伐木的皇家禁地。

巴尔萨让尤格诺和特洛盖伊休息，自己从马背上拿下包袱。水场里有一个埋在地下的大木箱，存着用竹筒接过来的泉水。

巴尔萨把潺潺流下的泉水装进竹筒，给他们两个拿过去，然后把马牵了过来，让它们喝足水。她刚把饵料袋放在马的嘴边，它们就开始发出巨大的响声，欢腾地吃了起来。

看它们吃得欢，巴尔萨也觉得肚子饿了。之前一直在慌忙赶路，途中几次休息的时候也没顾上吃东西。

枉为女保镖了。

巴尔萨在心里说。她从包袱中拿出用竹皮包裹着的干粮，那是把干肉切成小块做成的甜辣烩菜，然后和煮好的米饭捏在一起做成的便携食物。

看着巴尔萨在大口地吃着干粮，特洛盖伊伸出手，让巴尔萨给自己一点儿。

“真是了不起啊。”

尤格诺气若游丝，小声嘟囔道:

“我可吃不下去。”

巴尔萨在尤格诺身旁弯下腰去，从袋子里拿出一个小小的木质容器，打开盖子，从里面拿出一个用蜂蜜煮过、散发着香味的红色乌贼果。

“你把这个一点一点放进嘴里，慢慢咀嚼，再咽下去。”

尤格诺满脸不情愿地皱着眉头，把果子放进嘴里，马上吃惊地睁大了眼睛。一种令人惊讶的清爽甘甜的香味在口中蔓延开来。

“我从来没想过这果子有这么好吃！”

听尤格诺这么说，巴尔萨微微一笑，说道:

“这是唐达珍藏的蜜饯，我带了一点儿来。据说是用野生的香草和蜂蜜一起慢慢熬成的。”

“是吗？……感觉脑袋轻松多了，疲劳也消除了。”

“这就对了，这可是消除疲劳最好的药了。”

突然，巴尔萨脑子里浮现出一个清晰的回忆。那时她十八岁左右吧，被吉格罗狠狠训练，回到家的时候，巴尔萨累得几乎要倒下，这时，唐达用盘子盛着乌贼果拿过来给她。她无法忘记那个时候的果子的味道，感觉身体火辣辣的疼痛一下子就消失了……

特洛盖伊伸手拿了一个果子。

“听说疗伤是女人的本事，但是也不绝对吧，唐达与生俱来就很擅长疗伤。制作这些东西，他最拿手了。”

尤格诺瞥了一眼巴尔萨。巴尔萨正表情严肃地盯着手里的果子。

大家吃完果子，巴尔萨在草地上擦了擦手站起来说：

“咱们走吧，必须在月亮升起之前到达湖畔。”

巴尔萨把几匹马拴在水场的旁边，用长枪挑起轻了一点的包袱，扛在肩上。从现在开始，他们得在几乎没有路的山间行走了。

巴尔萨在前面开路，不时用山刀砍下灌木，开辟道路。后面跟着的是尤格诺，特洛盖伊走在最后。巴尔萨很顺利地开辟道路往前行进，可是尤格诺和特洛盖伊却因为不习惯骑马，疲惫到只能慢慢往前走。他们在途中休息了几次，然后一直往前走。

太阳开始西沉，转眼间天色就暗了下来。西边的树木染上了淡淡的余晖，三个人在树林中默默前行。

过了一阵，太阳下山了。巴尔萨停下脚步，从包袱中拿出旅灯，用火石和火绒点起火来。旅灯是用细竹编成的灯笼，里面有一截蜡烛，带一个短柄，可以举着照明。

“你来拿着这个。”

巴尔萨把灯交给了尤格诺，然后又开始一边砍着前方的灌木一边向前走。尤格诺举着的灯几乎照不到巴尔萨的脚底，但是巴尔萨的步伐却十分清晰。除了偶尔有受到惊吓飞起的鸟的叫声之外，寂静的山里只有巴尔萨挥刀的声音和三个人的脚步声。

特洛盖伊向前走着的时候，觉得自己好像在做梦一样。年轻的时候，被大山召唤，一直走到了山里的湖畔。在那个梦中……

在漆黑的山中，一直走，一直走，一直走……

终于，和那时一样，突然眼前开阔了。

被深山包围的巨大湖泊出现在了三个人眼前。

特洛盖伊脑子一阵麻木，呆立不动。

“……是那个湖。”

听到特洛盖伊嘶哑的声音，尤格诺和巴尔萨回过头来。特洛盖伊呆呆地盯着湖面，手指向西面的山峦。

“那个时候，我就是从那边，翻过山，一直走到这里的。山的另一边就是我老家那个村子，孩子们的墓地也在那里……”

特洛盖伊觉得似乎有一只冰凉的手在抚摩自己的脸。孩子们的死和有关丈夫的记忆，就像激流翻涌一样在脑海中浮现……

特洛盖伊痛苦地想，自己是在无意识中躲避了过去，给记忆封上了盖子。

很久以前被抛弃的过去——那些想要逃避、想要遗忘的记忆，就像一只冰冷的手向自己伸了过来。

还有，在湖畔矗立的山之离宫……

特洛盖伊脊背一阵冰凉，瑟瑟发抖。硕大的门扉，白木建造的复杂屋顶——这就是梦里的那座宫殿。

五十二年前的梦里看到的矗立在湖中的倒置的宫殿，这是穿越了时间的未来的宫殿吗……

特洛盖伊深吸一口气，暗暗骂自己：

笨蛋！山之离宫就是模仿梦境建造的，是按照和我一样的梦建造的！你不是听查格姆说过完全相同的情形吗？

特洛盖伊十分明白自己为什么会如此恐惧。她闭上眼睛训斥自己：

我已经不是五十二年前那个不幸的、弱小的托姆卡了！我是咒术师，是“大地行走者”特洛盖伊！

特洛盖伊用坚决的口吻对巴尔萨和尤格诺说：

“我要布下‘结界’了。你们来准备，用我告诉你们的方法！”

三人拨开湖畔的杂草，向漫水的岸边走去。

特洛盖伊把四根剥去叶子的粗长苇草深深扎进岸边，用细草绳把它们彼此相连。巴尔萨和尤格诺分工配合，在带来的四个瓷碟里装上木炭，从灯里取火。为了燃起火焰，他俩把有着独特气味的枯草放在了火上。

点燃的枯草中冒出的白烟像狼烟一样升起，慢慢飘向湖边……

月之门

感觉有人在叫自己，巴尔萨抬起头来。

当她看到围在湖边的四个人影时，心中一阵狂喜。

“巴尔萨！”

查格姆跑了过来，差点跌倒。他比以前长高了许多，声音也不再像小孩子那么尖细了，变成了略像大小伙子的声音。

“喂，小心点儿，别把‘结界’弄破了！轻轻地跨进来。”

特洛盖伊慌忙叫道。查格姆终于放慢了脚步，照特洛盖伊说的，轻轻迈过细绳。当他看到巴尔萨的时候，激动得脸都变形了。

“……你又长大了啊，查格姆。”

巴尔萨嘶哑的话音刚落，紧接着就把查格姆抱在了怀里。以前查格姆只有到巴尔萨胸膛那么高，现在已经能把头靠在巴尔萨的肩膀上了。查格姆使劲抱紧巴尔萨，抽泣起来。

巴尔萨和查格姆，都以为他们再也见不到面了。但是，天亮之后，他们又必须分别。

在查格姆身后迈进“结界”的修加、密探冉和永，都沉默地看着两个人。

“月亮快升起来了！”

听特洛盖伊这么说，大家都抬头看向天空。微红硕大的半圆月从山脊处露出脸来。

“在月亮倒映在湖面之前，我必须把招魂术的准备工作做好。大家都安静坐下。”

特洛盖伊的话让巴尔萨清醒过来。查格姆不好意思地和巴尔萨分开，往地上坐去。密探永看到，慌忙说：

“殿下，请等等！”

永拿下背上的坐垫，迅速铺在地上。查格姆不高兴地看着坐垫，见巴尔萨点头，才不情愿地坐到坐垫上。

巴尔萨看着伫立在一边的修加，深深鞠了一躬。虽然这像是对初次相见的陌生人的礼节，但是修加心领神会，他的唇边浮起微笑，很快又恢复了认真的表情，鞠躬回礼。

巴尔萨对有着完全不同身材的两个密探行了个注目礼。身材矮胖、脖子粗短的密探冉毫无表情地回了一个注目礼，那个曾被巴尔萨在脸上留下伤疤的瘦高密探永稍稍犹豫了一下，不情愿地也回了个注目礼。

在只能听到鸟鸣声的寂静黑暗中，巴尔萨试着去感受周围的气息——没有感受到守花人的气息。看样子他没有追过来，一切太平。

只是，不能把事情想得太乐观。在巴尔萨的脑海里，浮现出伤痕累累的唐达在黑暗中奔跑的身姿。

唐达，不要来！

这样想着，却无法制止另一种想法从心底冒出来：

唐达，让我看到你还活着……

不知什么时候，半轮皓月已经升起，高高挂在空中。月光使山脉的轮廓清晰地显现出来。矗立在对岸、没有人烟的山之离宫的白木屋顶，也像是披了一层霜一样，闪着白色的光。

突然，尤格诺转动身子说：

“那座宫殿是不是有点儿奇怪？”

大家朝着尤格诺所指的湖面望去。

黑色的湖面就像一面镜子，山之离宫清楚地倒映在湖面上。然而，即使月光映在湖面上，山之离宫看起来也并不清楚，而且，即使风在湖面吹起微波，倒影也没有晃动一下。

查格姆颤抖着小声说：

“月亮，也很奇怪……”

挂在天空的是一轮美丽的半圆月。可是映照在湖里的，却是一轮接近满月的圆月。而且，就在人们凝视着它的时候，月亮眼看着越来越圆，更加接近满月——就像窗子在自动开启……

在月亮完全变成圆月的瞬间，传来了尖厉的声音。那口哨般的声音逐渐变得高亢起来，巴尔萨觉得皮肤上有一种奇怪的感觉。

“风？”

听到巴尔萨自言自语，修加摇摇头说：

“湖面没有晃动，火焰、芦苇也没有动……”

可是坐着的人们都感觉到了风……

“啊？”

大家同时意识到了什么，都倒吸了一口冷气。

山之离宫正在沉向一片没有光亮的黑暗之中。

但是，在倒映在水面上的宫殿里，在走廊深处，却开始出现闪动着的光亮，是微亮的、柔和的灯光……

“是花。”查格姆小声说，“那是庭院中花的光亮。”

听到查格姆那迷迷糊糊快要睡着的语气，巴尔萨一下子抓住他的手腕，叫道：

“查格姆，你不要被它吸引！要保持意识清醒！”

查格姆吓了一跳，身体一颤。其他人也看着巴尔萨，一副迷迷糊糊中被叫醒的表情。

“大家小心！那是会引人入梦的花。现在，我们这里和它离得很近，稍一疏忽，就会被吸引走！”

正说着，巴尔萨感到了一种动摇，就像在梦中发出喊声一般。空气像变成了温暾的液体似的……

就在这时，左右摇摆的特洛盖伊身上开始渗出微弱的光亮，那是一种类似荧光的淡黄色的光。那束光眼看着集中到了特洛盖伊的额头。

然后，巴尔萨有生以来第一次看到了“灵魂”——变成了漂亮鸟儿的特洛盖伊的灵魂闪着像荧光一样的光，拖着一根白色的线飞了起来，一下子被吸进了湖面的月亮之中。

特洛盖伊就像一只被吞入气流中的鸟儿，以极快的速度被吸进了“月亮”之中。周围模模糊糊飘散的青色雾霭，让人想起黎明前的淡淡黑暗。

警钟在特洛盖伊的心中响起：

这片雾霭被施了很强大的咒语——一定不能被它困住！

可是这种想法马上就消失了，在青色雾霭中滑行般下落的时候，在特洛盖伊心中，“时间”开始倒流。

当特洛盖伊穿越过几座走廊，降落到草木繁茂的树林中时，她忘记了五十二年的岁月，变回了托姆卡——那个二十岁的姑娘。

当看到穿着灰色衣服、系着绿色腰带的高个子男人的时候，托姆卡感受到了强烈的喜悦。这种喜悦最终变成了温暖的幸福，包围着托姆卡。

“托姆卡……那个孩子在哪里？”

守花人这么问。托姆卡吃了一惊，看了看自己的手心：

“怎么回事？我一直紧紧抱着他的啊……”

怀里只留下婴儿的温暖消失之后的微寒。

“没关系的，托姆卡，你试着叫叫那个孩子，他肯定会回来的。”

托姆卡放下心来——对啊，我知道那孩子在哪儿，也知道怎么把他叫回来。

托姆卡张开手臂呼唤儿子。

几件事情同时发生了。

特洛盖伊紧握的芒草穗做的咒具刚“砰”的一下着了火，“结界”间的绳子就像从内侧被弹开那样，一下子断了。这时，芦苇丛里出现了三条腿的怪物的影子，朝尤格诺袭了过来。巴尔萨好不容易滑进尤格诺和影子之间，却被极大的力量推倒在地。

“妖怪！”

巴尔萨瞥见密探永大叫一声拔出了剑。

巴尔萨把胳膊伸到守花人腋下，右脚抵住他的右脚脖，用尽全身的力量把他翻转过来，并压在他身上。

永瞄准守花人后背的剑一下子穿透了巴尔萨的左肩。

永慌忙拔出了剑，查格姆大叫着朝巴尔萨飞奔过去，用手按住她的肩，想要止住喷涌而出的血。

守花人挣扎着想从巴尔萨身下站起来——巴尔萨突然站起身来，用右胳膊一下子把守花人的身体扛到了自己的肩膀上。

巴尔萨想扛着守花人把他弄走，可是守花人却握紧双拳，猛击巴尔萨的后背。

巴尔萨呻吟着扔下守花人，倒在了他身上。

永再一次朝守花人砍去，冉制止了他。

“你去守护殿下！”

随着一声吼叫，冉按住了守花人想去抓巴尔萨脖子的双手。巴尔萨一边剧烈地咳着，一边抬起头来说：

“……别杀他，那是唐达。”

“我知道。”

冉把守花人从巴尔萨的身下拉了出来，当他意识到守花人正想折断自己的手腕挣脱出来时，不禁脸色大变。

尤格诺心里害怕极了。当像怪物一般的守花人朝自己扑过来，鹰爪一样弯曲的手指伸向自己喉咙的时候，他惊恐得完全呆住了。

尤格诺拼命挪动自己哆哆嗦嗦的双脚，想逃离打斗在一起的人们，退到湖那边去。

就在这时，突然飘来一股香气。那种香气就像架在家乡炉灶上的锅里飘出的热气那样，温暖地包围了尤格诺。

他的耳边响起让人依恋的声音：

“尤格诺……”

那是母亲的声音！尤格诺迷迷糊糊地想。那是做噩梦的时候，温柔安抚自己的声音……当他听到这个声音的时候，因恐惧而僵硬的身体一下子软了下来，转眼间，关于噩梦的记忆就被撵到了脑海一角，他非常想见到母亲。

“快点儿回来……”

在自己的灵魂诞生的那个庭院，花那柔和的光亮摇曳着，好像在召唤着自己。

尤格诺跪在了草地上……

花的世界终结的时刻突然开始。

一阵风像前兆似的吹过来，“呼呼呼”，越来越响亮，越来越猛烈。

唐达在风开始变大的时候就明白，已经没有时间犹豫了，于是，他变成了一只鸟，飞起来去寻找卡娅。

花的光亮在猛烈的风中摇摆，影子在四周舞动。不知哪个花萼散了，散落的花瓣纷纷飘舞。呛人的花香正在渐渐变成甜腻的死亡之味。

唐达意识到他不能扇动翅膀了，一阵惊恐：

这是风的缘故吗？还是在那个世界变成了守花人的我的身体已经濒临死亡？

无论是因为什么，他开始感觉到无法忍受的疲惫……

无论如何，我也要救卡娅……唐达拼命扇动翅膀，靠近一个猛烈摇晃的花萼……花萼摇得更厉害了，花瓣"啪"的一下散落下来。

唐达好不容易才躲开了花瓣的直接攻击，却看到散落在风中的花瓣之间，有一个模模糊糊的人影飘落下来。

"卡娅！"

唐达一边叫着，一边紧紧抱住了纤弱的少女的身体，他托着卡娅，后背朝院子坠落下去。

虽然撞到了地面上，却没有感受到想象中的冲击。院子里的水不知在什么时候变成了像沙子一样的东西。少女在唐达的怀里动了一下。

"卡娅，你醒过来了吗？"

听到唐达的声音，卡娅转过头来困惑地说：

"叔叔，这是哪里？……我怎么会在这里呢？"

花瓣不断飘散下来，许多人影就像成熟的果实一样，开始掉到院子里。掉下来的人就像婴儿一样蜷缩着身体，躺在地上一动不动。

唐达想，必须叫醒他们。可是他的身体却不听使唤，强烈的疲劳感笼罩着他。

必须把卡娅变成一只鸟……

虽然这样想着，可唐达还是无法动弹。使人头皮发麻的恐惧一点点在心底升起，渐渐地蔓延到全身：

难道要死在这里了吗？

想要做的事和本应拥有的未来，就像夕阳一样，眼看着就要淡去、消逝。

“叔叔！您怎么了？叔叔！到底发生了什么？”

卡娅一边摇着唐达，一边害怕地大声叫喊着。唐达好不容易挤出一点儿声音：

“……卡娅，从这里逃出去！你能看见那条线吗？”

卡娅眯起眼睛。她注意到一条发光的线从自己额头延伸出来，惊讶地说：

“看见了！叔叔，我看见那条线了！”

唐达抓住卡娅的手腕说：

“现在我要把你变成一只鸟。当你变成鸟之后，就要一直追着那条线飞！那样的话，你就可以回家了。”

“……把我变成一只鸟？叔叔，你能吗？”

唐达努力扬起嘴角微笑道：

“可以……我是个蹩脚的咒术师。”

说着唐达就闭上了眼睛。接着他睁开眼睛，准备开始最后的工作，暗示卡娅的心变成鸟，可是身体却不听使唤。身体变得异常沉重，眼前一片漆黑……

冉慢慢地放开压着守花人的手，抬头看着巴尔萨。巴尔萨按着受伤的肩膀，呆呆地俯视着唐达那变得面目全非的身体。就着亮光看到唐达的脸，巴尔萨意识到，唐达的生命已经快到极限了。

剑刺一般的疼痛在巴尔萨的心里蹿动，压在心底的感觉在瞬间崩溃，哀伤变成麻木的寒冷，在全身蔓延开来。

巴尔萨跪在已无法动弹的唐达身边，抱起他的头，用自己的额头贴上唐达的额头，无法控制地牙齿发抖，喉咙阻塞，无法呼吸。

“唐达……”巴尔萨的眼里流下泪来，“不要死，唐达……”

唐达好像感觉到了巴尔萨的声音，睁开了眼睛。身体依旧感觉沉重，可是不知为什么，却有了要活下去的欲望，这欲望给了他力量，使他身体活动起来。

唐达用手肘支地坐了起来，注意到卡娅正担心地看着自己。

是啊，为了卡娅，现在也不能死！

正这么想着，唐达突然注意到，在开始飘散的花的根部，挨着守花人站着一个年轻的姑娘。那个姑娘好像完全没有注意到呼啸的狂风，呆呆地，像是想要抱住谁似的张开双手。

那是一个还很年轻的亚库族姑娘，但是那张脸却似曾相识：

难道……

唐达深吸一口气，用尽力气大声喊道：

“师父！……特洛盖伊师父！”

那姑娘吃惊地回头看着唐达。

就在四目交会的瞬间，她的眼睛里闪过一丝光亮。

“唐达？！”

当托姆卡看到唐达的瞬间，她感到身体里有一阵颤抖。沉睡的东西一下子复苏过来，皱纹和坚定的表情重新回到托姆卡的脸上。

“托姆卡，你要小心，你已经开始变老变丑了……”

守花人用严厉的语气说道。

就在她摇着头笑的时候，那张脸已经完全变回了特洛盖伊的样子，她说：

“是吗？有那么丑吗？不过，这就是我啊。这就是经历了五十二年岁月后的脸啊。”

特洛盖伊瞪着守花人：

“你不是守花人！你这个浑蛋，竟然这么卑鄙地给我下套！我竟然上了你的当，真是让人愤怒！”

特洛盖伊变成了一团火焰，朝男人飞扑过去，但是男人却“唰”地晃了一下就消失了。

就在这时，男人制造的幻觉也全部消失了，特洛盖伊被放回到那个狂风怒吼的世界。

风中，是飘散的花瓣和像沙石一样崩塌、渐渐消失的宫殿……

“这家伙危险了！”

特洛盖伊小声说着，想要跑到蹲在风里的唐达身边去。

但是，唐达的身影突然被风沙覆盖，看不见了。

“我不会让你走的！”

——传来一声女人的尖叫。

“我们大家要永远都在这里！

“回来！从我手里逃脱的儿子们！……”

4

消亡之风和歌声

巴尔萨护着一动不动的唐达的身体。修加俯视着她，突然，他的余光好像看到了有什么在动，往那边一看，不禁瞪大了眼睛。

跪在湖边草丛中的尤格诺的身体在慢慢向前倒去。

“尤格诺！”

在修加呼叫的同时，永也在喊：

“太子殿下？殿下！你怎么了？”

修加慌忙转过头来。查格姆被永扶着，正拼命想站起来。他就像喝得烂醉一样，无法支撑住自己的身体，终于瘫倒在永的怀里。

修加感觉到有个声音很奇妙地从远处传来，似乎是想跑到查格姆的身边，却像跑在梦中一样，无法前进。

听到修加他们的声音，巴尔萨抬起头来。她注意到，周围的景色发生了奇妙的变化。

朝着湖面上的月亮吹去的风，把他们也卷了进去。

很奇怪，那阵风可以用眼睛看见。不仅如此，巴尔萨还能很清楚地看见，尤格诺和查格姆的额头发出的灵魂之光在向外延伸，像要偷偷溜走。而且，有几条和从特洛盖伊额头延伸出的一样的线在天空中飞驰，消失在湖中的宫殿——那些就是连接被花困住的人们的灵魂和残留在身体里的生命之线吧。

巴尔萨扶着膝盖，用尽全身力气站了起来。

大概是因为不知多少次克服过如临万丈深渊的危险吧，在这种情况下，巴尔萨变得很冷静。

“修加！永！把查格姆摇醒！一定不能让他睡着！”

巴尔萨一边叫着，一边转向尤格诺，逆着大风朝他走去。

巴尔萨用尽力气一步步地接近尤格诺，用一只手抱起趴在草丛中的尤格诺。

尤格诺的头就像死人一样耷拉着在肩膀上晃动。额头的光，渐渐变得明亮起来，好像挣扎着要出去。

唐达……巴尔萨在心里问唐达。她从没像现在这样后悔自己一点儿也不懂咒术，怎样做才能让他睁开眼睛呢……

巴尔萨突然抬起头来，闪过一个念头。

她看看四周，大声叫了起来：

“树灵，你们的通灵者要被带走了！

“这里是山中的水边。这里符合传说中树灵居住的条件。虽然看不见你们，但你们一定在这里……

“树灵，快来拉住你们的通灵者！”

尤格诺被深深思念着的母亲的声音吸引着，想要到那边去。自己灵魂出生的淡青色的庭院和高个子的父亲……那湖底的风景太让他怀念了。

“快来……”

动人的声音在呼喊着，尤格诺挣扎着想要浮上来。

突然，什么东西一下子抓住了自己，很多只小手在紧紧地拉着自己。就在尤格诺被抓住的时候，小时候第一次听到的树灵们的歌声异常清晰地再次在耳边响起。

什么都不需要了，只要能够唱震撼灵魂的歌……虽然知道会中树灵的咒语，但是，对着那些在泉边的树灵歌唱的狂热想法在尤格诺的心中翻涌。那首歌唤醒了尤格诺，他感到全身炽热。

就在那一瞬间，那个假装成母亲的声音把他引向死亡的呼声的魔力，一下子断了。

尤格诺对着给他力量的树灵们报以微笑，他说：

“没关系的，我哪儿都不去了。”

尤格诺感到他的灵魂“嗖”的一下回到了身体里……

“尤格诺！”

尤格诺听到了巴尔萨的声音。巴尔萨和树灵们一样，紧紧地抓着尤格诺的手。

“尤格诺，醒醒！”

紧闭双眼的尤格诺感受到了巴尔萨的手的温热。

从那双满含祈祷、紧紧握住自己手腕的手中，传来了颤抖。

尤格诺心底一阵发颤。

远处传来了男人们呼喊查格姆的声音，一遍遍重复的呼喊声不断传来，加上巴尔萨的手传来的颤抖，尤格诺心里产生一种强烈的震动，身体开始颤抖起来。

那是呼唤生命的声音——从心底开始，倾注了全部身心的呼唤。

抓住尤格诺的树灵们和他们的声音产生了共鸣，开始晃动身体，小声呢喃。那种呢喃冲击着尤格诺的心底，愉悦的颤抖翻涌上来。

草木、鸟虫、野兽、鱼儿、石头、流水——这湖边的一切，都传递着安静的、泡沫翻滚般的颤抖。

尤格诺睁大眼睛站了起来，微微笑着说：

“颤抖吧，颤抖吧！”

尤格诺笑出声来，喜悦就像泡沫膨胀般在沸腾：

“摇晃吧，激动吧。发抖吧，迸发吧！”

突然，尤格诺唱起歌来，那是让人热血沸腾的高亢的歌声……

树灵们快乐地和尤格诺共鸣，芦苇丛在震动，天地在震动。

那美妙无比的歌声越过湖泊，晃动着湖泊。

消失在湖泊中的许许多多的线——连接生命与灵魂的线，被歌声摇动着，开始闪闪发光。

歌声变成了风，变成了天地的声音。

花的世界在飞快地衰弱。白木宫殿也像被风吹动着的沙尘一样，渐渐消失。

那个世界里，刮起了不同以往的奇怪的风。

唐达被风沙包围着。当清爽的风吹走风沙、拂过脸颊的时候，他感觉到一种强烈的喜悦——就像沐浴着晨光一般安稳。

他好像听到巴尔萨在说："不要放弃！"

"嗯！"

唐达自言自语道：

"我不会放弃的！"

如同吸足了水分，他的身体又恢复了力气。

卡娅的眼中也闪闪发光：

"这风的感觉真好，就像穿过层层稻花，带着花香似的。不对，是更浓烈的气息，就像夏天草地上的热气。"

两种风在撼动着世界。

一种风充斥着死亡的气息，另一种风就像盛夏草原上的热气一样，有着生命的气息。奇怪的风啊，两种风纠缠在一起，卷起旋涡，咆哮着，怒吼着。

四周变成了随风起伏的茫茫草原。

唐达慢慢站起身来。跌落在院子里的人们，也被风吹着，微微颤抖着站了起来。

他们满脸困惑地迈起步来。刚开始步伐轻飘飘的，慢慢地，每一个人都带着无法言表的笑意，一个接一个地兴奋地跑了起来。

唐达和卡娅站在一望无际的草原上，看着随风起伏的草原，毫无缘由地想跑起来。两人对视了一下，大步奔跑起来，越跑得快就越想更快。

卡娅看到了从自己额头延伸出来的闪光的线，那条线向全身传来炽热的血液。

我要回去！

鼻腔内一阵刺痛。早上去泉边打水时露水的味道，脚边冰凉的野草，鸟的鸣叫，家人的脸庞，朋友的面容——这些都接连浮现出来。

最终，在遥远的天际，出现了一轮圆月。

无数的线朝着满月延伸着。

“飞吧！”

当卡娅听到唐达声音的时候，就像被线吸住一样，“唰”的一下飞上了天空。

穿过旋涡似的风暴，被满月吸去，炫目的光芒包围着全身……

唐达静静地目送着那些做着梦的灵魂，变成了闪耀着淡淡荧光的美玉，被他们的生命之线拉了上去。

没有线来拉唐达。

就这样完了吗？

刚这么想，他突然想起了特洛盖伊。在风刮起来之前，在被沙暴吞没之前，他确实见到了特洛盖伊。那是花制造的幻觉吗？

想迈步去找特洛盖伊师父的时候，唐达感觉到有什么东西在紧紧地拽着自己的脚。那是一条黝黑的树根。

“我不会让你走的！我要你永远陪着我，长眠于此！”

树根眼看着像蛇一样缠上了唐达，用可怕的力量勒紧了他。

从勒紧自己的树根那里，真真切切传来了掉进黑色的洞穴般的落寞和哀伤。

“你别走……”

唐达感觉到树根拼命地拽住了自己……那种哀伤动摇了唐达的心……

“你这么孤独吗？……”

唐达想要反抗的意志在萎缩，身上的力气在减弱……

就在这时，耳边响起了鞭策般的怒吼声：

“……你在做什么呢？！你这个不长进的徒弟！”

特洛盖伊师父疾步走到被树根缠绕的唐达面前，说：

“你这个傻子！你想要被他卷走吗？！你把我教你的都忘了吗？！你是个咒术师！竟然和那些绝望的灵魂产生了共鸣，你想要干什么？！

“要是你觉得他可怜的话，就尽力去救他！快点儿把这样的树根斩个粉碎！”

羞耻和安心涌上心头，唐达不禁苦笑起来。

唐达闭上了眼睛，忽略那缠住自己的力量，把身体变成水，迅速从树根的缠绕中逃了出来。

树根哀伤地叫喊着，站了起来，变成了守花人。

特洛盖伊向守花人走过去，突然伸出手搭在他的肩膀上，说：

“……不要再藏在别人的阴影里了，出来吧，大王妃！”

守花人惊讶得脸都歪了，那张脸下面晃晃悠悠地现出了一张痛苦的女人的脸。大王妃用尖厉的声音喊道：

“不要碰我，你这个低贱的人！”

但是特洛盖伊并没有松手，说道：

“如果我还是托姆卡的话，我一定会放开手，用手捂住眼睛的。可是，大王妃，我现在是咒术师特洛盖伊！除了这个身份之外，还是一个站在这个世界和那个世界交界处的人！”

特洛盖伊静静地说：

“大王妃，您叫什么名字？”

大王妃煞白的脸在发抖：

“莉阿诺。”

“好吧，莉阿诺，我是来唤回你的灵魂的！”

这个名叫莉阿诺的女人的脸上，作为大王妃的气势和骄傲渐渐淡去，出现的是煞白的、像是一碰就会碎的脆弱表情。

“我不回去。”

莉阿诺小声说。在莉阿诺的臂弯中，模模糊糊浮现出儿子萨格姆的样子。

“我不要回到那个没有太子萨格姆的世界去。”

特洛盖伊抓着莉阿诺肩膀的手加重了力气，说道：

“你要是真的认为那个孩子在这里的话，应该看起来比现在更幸福——也就不会用这样的咒语来掩盖花的世界了。

“无论做什么，都无法抹去失去孩子的哀伤。从我失去孩子已经过去五十年了，可是在我的心里，还是隐藏着一碰就会痛的哀伤。

“只是，既然你这么哀伤，为什么还能活下去呢？……人，是比自己想象的要坚强得多的生物！”

特洛盖伊脸上浮现出强忍悲痛的笑，继续说道：

“不要像个磨人的孩子那样抱住怨恨不放，也不要为了哭泣而哭泣！触摸到你，我就明白，你的怨恨哀伤已经在变淡、变弱。……这没什么可羞耻的。”

莉阿诺抬起头，第一次看着特洛盖伊，说道：

“我觉得有好几个自己。我强烈地想把查格姆困在这里，想让二王妃体会到和我一样的哀伤，可是当我在这里变成了花，抱住那个孩子的梦的时候，这种感觉却变淡了。当那个孩子离开这里的时候，我被那强有力的翅膀扇动的声音所困惑，并没有想去捉住他。

“我把尤格诺抱在怀里，不想让他变成能使梦们醒来的风，想让他们越变越小，最后消失不见，可是我又觉得，回到原来那个世界是理所当然的。……本来是自己的灵魂，可是却无法按照自己的意愿去做，这太不可思议了。”

莉阿诺的嘴角浮现出哀伤的笑容，继续说道：

“我做了好几个梦。男人的梦，女人的梦，少女的梦，少年的梦……”

特洛盖伊苦笑道：

“那可太痛苦了，做梦做累了吧？”

莉阿诺的笑意更深了，她轻轻地点点头，说：

“就像做了十年、二十年的梦一样……”

“闻闻这个风的味道，会想起早晨的阳光吧。”

莉阿诺眯起眼睛，感受着带着生命气息的风。特洛盖伊看着埋在花茎里的守花人的假面渐渐变黑、枯萎，小声说道：

“你看，还有连这种风都无法唤醒的灵魂呢。”

几个从花萼上凋落、在地上熟睡的灵魂的面容上，生命之线“啪”地断开消失了，他们静静地变黑，消失在慢慢变淡的花梗对面的黑暗中。

“睡眠很接近死亡。真正疲劳的灵魂们就这样沉睡着，滑落到那个世界的黑暗中去了……”

特洛盖伊用力抓住莉阿诺的手腕，大声说：

“你也该醒醒了！总有一天，即使你再不情愿，也再不会醒来！

“我会给你一个咒术师能给的最好礼物，把你变成一只白色的鸟，让你感受到在天空飞舞的快乐。

“变成鸟吧，莉阿诺！试着想象你正在扇动美丽的翅膀乘风飞翔吧。

“在梦里，想象才是力量！”

莉阿诺困惑地安静了一会儿，终于长叹了一口气，放出荧光似的光亮，变成了一只美丽的白色的鸟。

“飞吧，莉阿诺！”

被特洛盖伊的声音推着，莉阿诺飞了起来，扇动着翅膀，笔直地朝着月亮飞了过去。

特洛盖伊目送着莉阿诺那白色的光消失，朝着呆呆抬头看月亮的唐达的胫骨使劲踢去。

“疼死了！”

唐达捂着腿，痛苦地呻吟。

“你这个大笨蛋！净给我添乱！”

唐达哭笑不得地看着特洛盖伊，突然表情僵住了。

特洛盖伊察觉到唐达正盯着自己的背后，于是转过身去。

一个高个子男人正站在那里，看着特洛盖伊。特洛盖伊惊讶极了，因为那个男人，比记忆中的守花人老了很多。

守花人慢慢露出微笑，说：

“我们的儿子把风带来了。”

守花人声音嘶哑，很难听清，他的身影也变得模糊起来。他看着特洛盖伊和唐达，说道：

“种子顺利成熟了，大部分的梦也都回去了……

“站在那边的你的另一个儿子帮了大忙。我本不想把他变成心怀仇恨的守花人，但是那个给花授粉的梦的力量很强大，让我力不从心……”

“但是，你偶尔也帮了我对吧？”唐达问。

守花人点点头说：

“是的。我尽我所能，不让守花人掐碎那个孩子的喉咙。”

守花人仰望着月亮：

“开始月亏了，花的时期马上就要结束了。”

守花人的身体已经变得像蜻蜓的翅膀一般透明。他用透明的手握住了特洛盖伊的手，说：

“再见了，亲爱的托姆卡。

“虽然花的生命永远在循环，但是我，那个带着你和我的爱的记忆的时间和世界，就要消失了。……这是真正的分别。再见了，亲爱的托姆卡……”

特洛盖伊紧咬着牙说：

“再见了……”

守花人像在特洛盖伊的手中融化一般消失了。

特洛盖伊喘着气，她觉得有什么东西和守花人的影子一起，融入了自己的手中。她紧紧地握住了守花人最后的愿望。

特洛盖伊深吸了一口气，向上看去。她瞥了唐达一眼，变成了鸟，用力扇动翅膀飞了起来。唐达也马上变成了鸟，追着特洛盖伊飞了过去。

两只鸟用力扇动着翅膀，朝着就要关闭的天空中的月亮飞去。

月亮已经变成半圆。

“穿过去！把身体变细！”

特洛盖伊和唐达在炫目的光亮中扭紧身体穿了过去。

在那一瞬间，轻柔的风包围了两个人……

尤格诺看见几条光从倒映在湖里的月亮中飞走。每当那些闪光的线一抖动，天空中就会响起通透悦耳的声音。

湖里的月亮眼看着变弯，倒立的宫殿消失了。在宫殿的光完全消失的瞬间，两只鸟像是吞噬了所有的光亮，在湖面上飞舞。

突然，一股落寞之感涌上尤格诺的心头。

自己生下来就一直看着的花，消失了。花对于尤格诺来说，是心中永远的明灯。

尤格诺放声哭了起来。

周围响起了喧闹声。巴尔萨他们听到特洛盖伊的声音，发出了欢呼声……可是尤格诺觉得那些就像在远处动着的影画。

尤格诺慢慢站了起来，在离他们不远的草丛里坐下，身体就像被抽去了所有的力气，疲惫不堪。和树灵们唱完歌的时候全身充满了精气，为什么现在感觉如此空洞，就像生命之灯已经熄灭。

尤格诺躺在草丛里闭上了眼睛，听到有人在担心地和他说话，但他摆了摆手说：“别管我。”

这样过了多久呢？

突然，尤格诺意识到自己站在淡青色的黑暗中，站在那个从懂事起就看惯了的院子里……

尤格诺转过头去，看到黑暗中站着一个人影。皮肤黝黑、身材矮小的老妇人朝他走了过来。

“……特洛盖伊大师。”

特洛盖伊的表情比白天温和得多，她微笑着。

“这是在花的梦里吗？”

“不是，我把你叫到我的梦里了。……因为触摸着你，觉得你很孤独。”

尤格诺轻轻地点了点头，说：

“当花消失的时候，我心里的光明好像也消失了，感觉心里空落落的。”

特洛盖伊伸出手，像对着一个幼小的孩子那样，抚摩着尤格诺的脸颊说：

“你看，花并没有消失。”

特洛盖伊张开手掌，在她那满是皱纹的手掌里，有一粒小小的花籽。

“这？！”

“对，是花籽。这是守花人最后留在我手里的。”

特洛盖伊在手心里摆弄着花籽：

“那个花到底是什么呢？它什么时候出生，从哪里来？……我甚至不明白，它是不是那朵我在那里看到的发出光亮的花。”

特洛盖伊手心里是一粒普通的小小的褐色种子，但是当尤格诺注视它的时候，它突然开始晃动，变成了一粒白色的大种子。他目瞪口呆地看着，那粒种子又晃动着变了形状，变回褐色的种子。

“只要是种子，就能变成任何形状、任何颜色，不过不会变成石头的。只要符合它的性质，在梦中想象，它就能变成各种形状。”特洛盖伊抬起眼睛看着尤格诺，“因为它是能幻化成梦中想象的任意形状的花，所以被为它授了粉的大王妃的梦所支配。……尽管如此，它会在授粉后留下种子再消失的性质，却被守护了下来。”

特洛盖伊皱了皱眉头：

“守花人一定就是守护这种性质的力量。虽然他被梦支配着，却一直守护着花，让花留下种子再消失。”

“守花人呢？”

听尤格诺这么问，特洛盖伊笑了：

“守花人的职责不就是保护你吗？”

“啊？”

“为了保护你这个生活在不同世界的重要人物，守花人要支配从那个世界引来的灵魂，操纵他们的身体——原本应该是这样的吧。”

“是大王妃的意愿歪曲了守花人的职责？”

一边点头一边微笑的特洛盖伊突然变得严肃起来，说：

“不过，在大王妃的意愿和花的意愿之间，有一个共同点——就是防止你割断和花的世界的联系，从那里逃走。

“为了在那个夜晚把你带回来，他们派出了守花人，在这点上，两个意愿肯定是一致的。”

尤格诺突然觉得毛骨悚然。

“可是，大王妃想要掐碎你的脖子——这并不是守花人的意思。守花人说，为了不让花完全受大王妃控制，他做了能做的一切。”

特洛盖伊拈起种子说道：

“这个花，一定是那种绒毛随风飘动、种子撒得很远的生物。

“你成为通树灵者肯定也不是偶然的吧。你唱着让人的生命和灵魂一起颤抖的歌，有着漫长的生命，在各国旅行，没有人比你更像吹拂绒毛的风了。

“与花融合在一起的大王妃可能也感受到了花的这个性质，所以她害怕你吹起生命之风，去解救那些梦。于是她让守花人去追你。

“当我听你说，你在噩梦中梦到你那恐怖的母亲让守花人掐碎你的喉咙，使你不能唱歌的时候，我就想，为什么她会如此在意你——在意你的歌呢，现在，你也明白了吧？”

尤格诺无力地微笑：

“……于是，我的任务也就结束了。所以，我才会变得这么空洞。”

特洛盖伊笑出声来：

“没这回事，你的人生才刚刚开始。”

尤格诺慢慢地摇着头，说：

“可是，不知道为什么，我觉得很累。连想唱歌的心情都没了……”

特洛盖伊忍住笑，轻轻抚摩着尤格诺的手说：

“尤格诺，你是黎明和黄昏的孩子。就像这淡青色的黑暗一样，

你就在黑夜和白昼的分界线上。

“你的歌声拥有像阳光一样令人振奋的力量——而这种力量的源泉，正是夜晚的梦。睡眠可以消除白天的疲劳，梦可以安慰灵魂。即使是噩梦，也能暴露那些潜藏在心底的伤痛，让风把它们吹干……

“树灵们和你的灵魂产生共鸣，产生了歌。对于你来说，做梦就是歌唱的力量。”

尤格诺咬着嘴唇。特洛盖伊静静地问道：

“你是想一直这样唱下去呢，还是想像常人一样生活？人是一种很强大的生物。即使失去了歌……就连你现在感受到的空虚，在一天天过去之后，你也会慢慢习惯，最终消失。要是你想要寻找一条其他的生存道路，我可以帮你。你肯定会过上安稳的日子。”

尤格诺的脸扭曲了。他悲伤地笑着，慢慢摇摇头说：

“我……我……不唱歌的话，我活不下去……”

特洛盖伊点点头说：

“这样的话，你伸出手来。”

尤格诺明白了特洛盖伊要做什么，脊背一阵发凉。

就像那时候那样……

尤格诺沉思着。年幼的自己第一次在泉边唱歌时的恐惧，以及超越恐惧的强烈意愿……

现在，和那时候一样，再一次来到了十字路口。

尤格诺这样想着。不知自己至今想过多少次了——要是小时候没有在泉边唱歌的话，那现在，等待自己的又是怎样的人生呢？

可是，现在他非常清楚——无论十字路口的另一边等待自己的未来是多么幸福，或者这一边是多么不幸，和想唱歌的心情相比，它们都黯然失色。

尤格诺慢慢伸出手去，特洛盖伊把种子放到了他的手心里。

种子有着肌肤般的温暖，眼看它摇晃着，渗入尤格诺的手心，消失不见——尤格诺的全身慢慢变热。

一刹那，在花中沉睡的梦的记忆和热量一同涌向尤格诺的灵魂。

尤格诺喘息着，用双手捂住脸颊。

人们火烧般炽烈的愿望，还有无法实现愿望的无尽悲伤，像旋涡一样流进他的身体。

许许多多的人生变成炫目的激流，在尤格诺的心中萦绕。人们度过的漫长岁月，也瞬间一拥而入……

终于，梦的旋涡静静地沉没在灵魂深处。当种子完全融于灵魂的时候，尤格诺的灵魂发生了根本的变化。

他慢慢放下双手，抬起头。

肌肤和头发都还是二十几岁年轻人的模样，但是在尤格诺的眼神和表情里，特洛盖伊第一次看到了岁月的痕迹。

在那双眸子里，只属于孩子的清澈消失了，取而代之的，是用心去感受别人疼痛的深邃的光。因为把别人的梦融入了自己心中，尤格诺第一次感受到了梦里那隐藏的痛——不得不做梦的人的痛。

“你紧紧抱住了梦。”特洛盖伊轻轻笑着，小声说，“从现在开始，你的歌声可能会失去之前那种轻快和明朗了。不过，即使没有和树灵们同唱，你也可以唱出震撼人的灵魂的歌——当我离开这个世界的时候，我会呼唤你，你要用你的歌声把我带到那个世界去。”

尤格诺点点头，特洛盖伊握住他的手说：

“很久以前，我们都无从得知，是花诞生于你的灵魂之中，还是你的灵魂诞生于花之中，或者你们原本就是一个生物。……但是，有一点是肯定的，你和花相互联系在一起，难以分开。”

特洛盖伊凝视着尤格诺，吟唱咒语般小声说：

“你是黎明和黄昏的孩子，淡青色黑暗中的孩子。是把花籽的绒毛送到远方的风。

“种子在你的身体里小憩，在你迎来夜晚的时候发芽，在你最后的梦中成形，唤来谁的梦，最后开花。……就像之前那样，一个环的结束，是另一个环的开始。”

尤格诺凝视着特洛盖伊，特洛盖伊拍着尤格诺的肩膀，像是在给他力量：

“轻快地唱起来，飞吧，我梦里的儿子！”

尤格诺从梦中醒了过来，慢慢站起身来。以为夜已经过去，周围却还是一片漆黑。他看见篝火在晃动，巴尔萨他们担心地围着唐达……应该是做了个冗长的梦，可是在梦中和特洛盖伊说话却像是短短一瞬。

他看到躺在篝火边的特洛盖伊站了起来，转过头看见他，微微一笑。

然后，尤格诺站了起来，向唐达身边走去。

5

苏醒

冰冷的东西碰到脸颊，唐达醒了过来。他想睁开眼睛，可是眼皮沉重，怎么也睁不开。

“……左脚踝全骨折了。”

“是晋用手掌给弄断的吧。我给弄脱臼的肩关节好像是恢复了，但还是肿得厉害。啊，对了，好像左边鼓膜也破了。”

唐达想，这是巴尔萨的声音。那声音伴随着“嗡嗡”的回响，听不太清楚……还有一个人的声音是完全陌生的。

“最主要的问题是太累了。”

“是啊，肯定几乎没吃东西。左脚骨折的情况下，他是怎么在这么短的时间里走到这里的呢，现在我还觉得不可思议。”

这时，耳边响起了熟悉的咳嗽声：

“因为他感觉不到疼和累。我们骑着马，选择马容易跑的路就绕远了，途中还休息了好几次。”

当唐达意识到这是师父的声音时，突然全身都恢复了知觉。他呻吟起来，与其说是疼，不如说是无法承受的沉重，全身都像灌了铅似的。

一双干枯的手抚摩着自己的脸颊。

“唐达，你醒过来了吗？唐达，听得见吗？”

他能听到巴尔萨的声音，却无法回答。

“他在呻吟。”

“肯定会呻吟，一定特别痛苦吧。……喂，巴尔萨，这可不像你啊，不要慌。”

他听到了特洛盖伊吃惊的声音：

“没事的，这家伙的生命虽然在衰弱，但还不至于死掉。难道你不相信我的诊断吗？”

“我信！可是，没有止痛药什么的吗？刚才你给我的药很管用，不能让他吃那种药吗？”

他听到了“嚓嚓嚓嚓”打开油纸的声音。

“是啊，他好像有意识了，那就让他吃吃看吧。把他的头抬起来。”

不只是巴尔萨的手，还有不知是谁的有力的手把唐达扶了起来。虽然大家小心翼翼地把他扶了起来，但唐达还是感到了强烈的眩晕。

放在额头上的湿布掉到了膝盖上——唐达终于可以看见东西了。天旋地转的四周慢慢平息下来，他模模糊糊地看到，许多张脸正在担心地看着自己。

大概还是深夜吧，篝火燃烧得正旺。嘴碰到了冰凉的冷水。

“唐达，水来了。你知道吗，你要吃药。别噎着了，多喝点儿。”

药的苦味在嘴里蔓延开来。

……这是莱葛的根。喝这么多的话，会睡着的……

唐达这么想着，又陷入了沉睡。

当他再次睁开眼睛的时候，白色的光在眼皮上跳跃，整张脸都暖暖的。这是温暖的朝阳。

唐达闭着眼睛，听到周围杂乱的声音。烤鱼的香味飘了过来，还有在草灰里焖着的烤饼的味道。

“……肩膀没事吧？”

是查格姆的声音。

“嗯，修加给我缠绷带缠得太紧了，有点儿疼，活动也不方便。”巴尔萨回答。

这时，他又听到了昨晚那个陌生的声音：

“真的很抱歉。流了很多血，伤口也很深。”

巴尔萨笑着小声说：

“我可没在抱怨，得感谢你帮我包扎呢。”

“平常照顾人的家伙现在躺在这儿动弹不得。”——这是特洛盖伊师父含笑的声音。

感觉有谁在靠近，光被遮住了。一双干燥、温暖的手抚上了自己的额头。唐达想，这是巴尔萨的手。

这次他睁开眼睛，清楚地看见了巴尔萨的脸。半年没见，但巴尔萨的面容一点儿都没变，她的脸上慢慢地浮现微笑：

“嗨。”

悦耳的、轻轻的声音。唐达也微微笑了：

“……你回来了啊。”

很遗憾，他只能发出微弱的声音。

“嗯！这半年发生了好多事情呢，真的……旅途中也有非常奇特的事情，我好几次想，你要是在的话就好了。”

那只长了茧子的坚硬的手，用匪夷所思的温柔动作拨开贴在唐达额上的头发。巴尔萨温柔地说：

“等你好一点儿，我再说给你听。大家也想知道你把灵魂放飞到那个世界后发生的事……”

唐达点点头，闭上了眼睛，之后又沉沉地睡了过去。

看到唐达又睡着了，巴尔萨站起身来，回到篝火旁。尤格诺娴熟地从草灰中拿出烤饼，“啪啪”地磕掉上面的灰。

“烤好了！可以吃了。”

特洛盖伊最先伸出了手。用水和盐拌好米粉、抻得薄薄的烤饼，卷烤鱼、卷肉干来吃，都很香。

大家按照自己的喜好，有的卷烤鱼，有的卷自己带的肉干。看到密探们在吃肉干，查格姆说：

“冉和永也吃点儿鱼吧。这是我允许钓的，所以不用担心。在山之离宫，侍从们也吃这湖里的鱼。”

听查格姆这么说，两人对视后，伸手拿起他们在湖里钓的鱼。

“……真是奇妙的一夜啊。”

修加冒出一句。他朝大口吃着烤饼的尤格诺看去：

“当然，花盛开的宫殿很神奇……但对于我来说，你的歌声最让人吃惊。”

“你就是通树灵者吧？”

——令人吃惊的是，小声说出这句话的是一直沉默寡言的密探冉。永吃惊地转过头去看着伙伴，问道：

“什么？你是怎么知道的？”

冉用手背擦擦嘴，说：

“我还是个孩子的时候，有一次和叔母一起去旅行。途中有一段要穿过山路，所以雇了亚库族的向导。叔母喜欢唱歌，常常唱。可是当我们去山里的泉边时，亚库向导让叔母不要唱歌。他说，山里的水边有树灵，声音甜美的歌者在这里唱歌的话，会中他们的咒语。”

冉晃晃肩膀接着说：

“那位亚库族老爷爷很会说话。他说，要是歌声优美的人在泉边唱歌的话，树灵会把自己的想法附在他身上，他的一生都会被诅咒，但是，他从此能唱出震撼身心的歌。当时，我觉得这传说很愚蠢，却也很有意思。”

冉看着尤格诺：

“当我听到你的歌声的时候，仿佛被雷击似的。我想，原来是这样，你就是那个老爷爷说的通树灵者。”

尤格诺耸耸肩，没说是，也没说不是。

吃完饭收拾好行李后，查格姆对冉说：

“你能把唐达背回家吗？巴尔萨肩上有伤，让尤格诺背唐达走回去也不行。而且，我也很担心晋现在怎么样了……”

“嗯……”

查格姆意识到冉瞥了一眼永，苦笑道：

“没事的，我和修加直接回宫。”

查格姆简短地说完，看着巴尔萨说：

“意外的相见，真的很开心。”

巴尔萨微微一笑，轻轻把手放到查格姆肩上，说：

“也许什么时候还会有意想不到的事。我们的缘分看样子长着呢。”

查格姆吸了一口气，紧闭嘴唇，别过脸去。

就这样沉默了片刻，查格姆突然把视线投向修加。

“修加……”

查格姆背对着巴尔萨小声说：

“修加在来这里的路上，给我讲了有趣的事。他说，各种各样的世界就像洋流一样，时而靠近，时而分离。人之间的缘分，也是这样的吧。”

修加背后，能看见山之离宫。

群山怀抱中、初夏浓荫掩映下的宫殿倒映在湖里。白色的雾霭滑过湖面，倒映在湖里的宫殿不见了，就像被云遮住一样。——在朝阳下，这是再普通不过的景象，却让人赏心悦目。

查格姆的目光回到巴尔萨身上，他坚定地说：

“等唐达醒了，请转告他，我谢谢他……”

巴尔萨点点头。

风吹过芦苇丛，一只鸟迎着风展翅高飞，擦着湖面消失而去。

终章
夏日

唐达闭上眼睛回忆起花香扑鼻的味道，还有那黑暗中朦朦胧胧倒映在水面上晃动着的光亮，以及许许多多的梦……

白天被压抑的想法，在夜晚的睡梦中自由飞翔。要是自己也沉睡在那里，会梦到什么呢？自己能从那个梦中醒过来吗？

穿过蝉鸣不断的盛夏树林，映入眼帘的，是大片随风摇曳的青葱稻田。晃眼的烈日下，人们在忙碌劳作。夏日里杂草长得飞快，割草是个辛苦的工作。

“……在哪儿呢？看得见吗？”扶着唐达散步的巴尔萨问道。

“等一下——啊，在那儿呢，在田头割草。”

巴尔萨朝唐达手指的方向望去，一个体格健壮的女人在麻利地割草，她旁边收草的女孩和她说了什么，女人双手叉腰，一边伸着腰，一边答话。

“还是和以前一模一样啊。”

听唐达这么说，巴尔萨笑了：“你还真是个老好人啊，一点儿礼都没收。你为了他们这么拼命，即使是亲兄弟，他们也应该给你送份厚礼啊！”

“怎么能这么说呢？只要哥哥感谢我就足够了。再说，他不是给我送了一大堆茄子和黄瓜吗？几乎全被你和师父吃了。”

唐达小心护着自己的左脚，在树荫下坐下：“而且，这也不是我的功劳啊。我给你、晋，还有大伙儿带来了那么多麻烦。要是没有尤格诺的话，她也活不过来。”

巴尔萨靠着唐达旁边的树干。

“尤格诺啊，他连个再见都没说就走了，也不知道他现在在哪儿。……他可真是个奇怪的人。上次去看你侄女的时候，她说尤格诺就像他的歌，歌虽然震撼人心，但是就像风一样，吹过去就消失了。”

“她能明白这些真是太好了。”

巴尔萨笑道：

“那孩子从一开始就明白。不过虽然明白，却无可奈何。她的那种心情，与其说是爱上了尤格诺，不如说是爱上了外面吹来的风。”

唐达苦笑。他至今还是无法原谅尤格诺用歌声去引诱那些像卡娅一样内心柔软的女孩。幸好她好好地回来了，当时万一有个闪失，卡娅也许就死了。

不过，去教训风也没用。特洛盖伊师父说，正因为是风一般的尤格诺，才能把花籽埋在心里，继续活下去。特洛盖伊把花籽的去向告诉了唐达，她的话深深留在唐达心底：

“之所以把种子交给尤格诺，是因为除了他，没有人能成为花的宿主。花是以人们的梦为养料长大的，所以宿主必须生活在人的世界里。

“但是对普通人来说，花太沉重了。不是人和花之间诞生的灵魂，就无法完成宿主的职责。

“以前我不明白，为什么守花人会选我做宿主的灵魂之母，现在我明白了。这是因为我有适合做咒术师的灵魂……他大概感受到了，我拥有与人们的梦相连的强大能力。”

听到这里，唐达不禁问道：“我没有那种强大的能力吗？”

特洛盖伊看着唐达说：

“那种强大的能力，你是有的。只不过，你过于善良，会有被卷进人们梦里、丢掉生命的危险。要是说尤格诺是黎明和黄昏之子，你就是正午之子。你是一个首先想到别人，像春天的阳光般温和的人。

“尤格诺为歌唱着迷。为了唱歌，他不惜牺牲一切。可是你呢，即使让你抛弃自己作为咒术师的力量，也不会接受把人们引向死亡的花的种子。

“但是，你能做只有正午之子才能做到的事……在这个世界上，没有无所不能的人。我无论如何也做不到的事，有时你可以做到。”

“师父看透了我的极限……”

正如师父所说，巫术的世界就像是无底的沼泽，越往深处，越是无限宽广。为了深入沼泽，必须不顾别人和自己投入进去，自己身上有这种近乎疯狂的热情吗？

唐达觉得腹部一阵发冷。

“你怎么了？”

巴尔萨的声音让唐达清醒过来。

“哦……”唐达叹了口气，说起忽然冒出来的念头，“我在想，即使是尤格诺那样的人，一生就这样颠沛流离地生活，也会有寂寞的时候吧。”

听了唐达的话，巴尔萨想起尤格诺曾说过的话：

“树灵们给了我无限的快乐、惊人的快乐。但是，之前的一切——如果生活如常所能得到的一切，包括我的未来，都被夺走了。”

“是啊，真的是寂寞。”

巴尔萨小声说着，突然转过头去，抬头看着郁郁葱葱的叶子，说：

“不过，也有快乐。只是那种快乐与扎根在大地的农民们的快乐不同。”

唐达看着巴尔萨，笑了：“怎么觉得你在说自己啊？”

“对，我也在说我自己。”

巴尔萨抬头看着天空，眯起眼睛。

“遇见查格姆，在故乡旅行，发生了很多事……觉得自己终于逃脱了不幸的亡灵。你也知道，吉格罗为了保护我而远离家乡，放弃了本应拥有的美好未来，为了活下去，不得不杀死自己的朋友，他的人生是那么悲惨……虽然我一直感谢他为我做的一切，但也觉得永远无法还清他的恩情——过了这么长时间，我才知道，那是天大的错误。”

唐达很吃惊——巴尔萨还是第一次这样说自己的事。

巴尔萨平静地看着唐达：“他对我那么好，我应该把这看作莫大的幸福，好好活下去。……能够保护自己喜欢的人，是一种幸福。虽然吉格罗的人生那么悲惨，但我愿意相信，他也有过幸福。保护查格姆的时候，我是幸福的。为了查格姆这样一个外人冒着生命危险去战斗……我也是幸福的。”

巴尔萨脸上闪过一丝笑意，继续说道：“我从小就被诅咒会不幸，当我意识到幸福的时候，已经到了这个年纪，真是可悲啊。当我诅咒命运的时候，会把和人决斗、杀人看成命运的安排，给自己找借口说，即使双手沾满了鲜血，也得生存。当意识到自己的幸福，就不会找借口了。……但即使这样，我能想到的职业，也只有保镖了。”

用自己的积蓄做做生意，或者教教武术，普通人可能会想到好几个出路，可是巴尔萨内心深处并不想过那样的生活。从小背负的忧郁和愤怒，并不会轻易消失。

巴尔萨凝视着透过枝叶间隙照到草地上的阳光，小声说：“当我还无法抑制自己内心深处对争斗的渴望时，为了满足这种欲望，死——无论别人的死还是自己的死，是我内心无法摆脱的阴影。”

唐达叹了一口气，用和往常不同的严肃语气说：“虽然你的借口非常残忍，还是原谅自己的借口吧！要是没有被卷入王位继承的丑恶阴谋之中，你那丑陋的欲望大概也会和现在不同。”

巴尔萨看着唐达，慢慢地，嘴角浮现出笑容：“要不是这样的话……要是我出生在一个充满爱的农家，我现在就是一个被五六个孩子围绕的妈妈了。那样的话，我也会有那种生活里的苦恼——我可能会感叹，要是我生下来是另一种人的话，就会过得更快乐，更有意思。”

巴尔萨一边用手赶着差点儿飞进眼睛里的蠓虫，一边摇头说：“所谓如果，就是痛苦时候做的梦。清醒过来之后，自己还是原来的自己。我的人生没有梦这样的退路。”

唐达闭上眼睛，稠密的蝉鸣像雨点一样包围着他的全身。

“有人并没有真正地从梦中回来。”

“什么？”

“是特洛盖伊师父。她虽然从花的梦中回来了，但她最终还是没有回到她的家乡，而是成了咒术师。”

唐达睁开眼睛，呆呆地眺望着在田间劳作的人们。

那就是自己在人生的十字路口放弃的人生。

自己一个人离开那条路，追随着暮色中微微发光的特洛盖伊灵魂之鸟，在黑暗的山里披荆斩棘，已经过去了二十二个年头。

唐达闭上眼睛回忆起花香扑鼻的味道，还有那黑暗中朦朦胧胧倒映在水面上晃动着的光亮，以及许许多多的梦……

白天被压抑的想法，在夜晚的睡梦中自由飞翔。要是自己也沉睡在那里，会梦到什么呢？自己能从那个梦中醒过来吗？

梦是那些拥有强大灵魂的人可以自由飞翔的唯一天空——也可能是想要逃离的陷阱。

唐达耳边响起了特洛盖伊的话：

“想要成为咒术师的人，都曾有被自己的灵魂逼到极限的经历。那时你太小，所以可能还没意识到，你在八岁的那个黄昏，来到了极限。

“灵魂之鸟发着光，很美丽，对于平常的孩子来说，即使看到了，也会觉得恐怖——因为灵魂之鸟是飞向死亡边缘的鸟。被它吸引的你，就像那个被精灵的声音吸引、被河流吞没的孩子一样，正在被引向死亡。”

说到这里，特洛盖伊笑了笑：

“但你那时并没有死，却遇到了我这个师父。一旦成为咒术师，就不会轻易死掉。因为在不知不觉间，你学会了怎样在生与死之间狭小的缝隙中生存。

“唐达，记住了，像你这样的见习咒术师，越是沉迷于咒术，就越只会看到黑暗，会认为普通人无法看到的那个世界才是真实的世界，然后就会轻视普通人。

“但是，真正的咒术师知道，黑夜与白昼的力量是相辅相成的。总有一天，你也会明白看不到灵魂的普通人的强大——过着普通生活的人们的强大。”

接着，她用不同寻常的认真眼神看着唐达，说：

“即使再强大的人，也会有迷惘的时候，也会有用白昼的力量无法控制的梦。咒术师必须把那些决然飞出去的灵魂从死亡的边缘带回来。

“站在白昼力量与黑夜力量分界线上的我们，是梦之守护者……”

唐达睁开眼睛，望着正午耀眼的阳光。蝉鸣又开始喧闹起来。

唐达对巴尔萨说：

“九蓑草快要结籽了。今年夏天这么热，冬天大概会特别冷，我得储备更多的感冒药。你能帮我去摘果子吗？”

“好啊……好了，该起来了。”

巴尔萨抓住唐达的胳膊，扶他站了起来。

这时，歌声从田野那边传来。大概有人用唱歌来解乏。慢慢地，人们一个个加入，最后变成了大合唱。歌声划过夏日的天空——

夏日里，草儿生长。拔啊拔啊，还是疯长。

草儿要是大米，现在的我们，已经过上好日子。

夏日里，草儿生长。拔啊拔啊，还是疯长。

草儿要是黄金，现在的我们，已经过上好日子。

啊，无法如愿的世界。

啊，无法如愿的夏日……

图书在版编目（CIP）数据

浙 江 省 版 权 局
著作权合同登记章
图字：11-2021-243 号

梦之守护者 /（日）上桥菜穗子著；赵峻译．-- 杭州：浙江人民出版社，2021.12

ISBN 978-7-213-10355-1

Ⅰ．①梦… Ⅱ．①上… ②赵… Ⅲ．①儿童小说—长篇小说—日本—现代 Ⅳ．① I313.84

中国版本图书馆 CIP 数据核字（2021）第 213414 号

梦之守护者
MENG ZHI SHOUHUZHE
［日］上桥菜穗子　著　　赵峻　译

出版发行　浙江人民出版社（杭州市体育场路 347 号　邮编 310006）
责任编辑　卓挺亚
责任校对　王欢燕
封面设计　易珂琳
电脑制版　书情文化
印　　刷　河北鹏润印刷有限公司
开　　本　700 毫米 ×980 毫米　1/16
印　　张　14.75
字　　数　160 千字
版　　次　2021 年 12 月第 1 版
印　　次　2021 年 12 月第 1 次印刷
书　　号　ISBN　978-7-213-10355-1
定　　价　42.00 元

如发现印装质量问题，影响阅读，请与市场部联系调换。
质量投诉电话：010-82069336